書下ろし

# 隠密家族 攪乱《かくらん》

喜安幸夫

祥伝社文庫

# 目次

# 一　埋《うず》め鍼《ばり》

一

夕陽に吹く風は、冷たさを帯《お》び秋を感じさせている。

「トトさま。傷は痛みませぬか」

「ああ。きっと、おまえの包帯の巻き方や薬草の煎《せん》じ方がよかったからだ。すっかり元どおりになった」

療治部屋で手のすいたとき、佳奈《かな》が言ったのへ一林斎《いちりんさい》は応《こた》えた。

命も危ぶまれるほどの手傷を負った一林斎にとって、最も大きな収穫は、一林斎を仰々《ぎょうぎょう》しく〝父上〟などと称《よ》んで距離を置きはじめていた佳奈が、介護を通じてふたたび元の〝トトさま〟に戻ったことだった。

佳奈が距離を置きはじめたのは、一林斎の謎の行動に疎外感を覚えさせられ、

（――トトさまは、わたしのことなど……どうでもいい……と）

思いたくはないが思いはじめたのが原因であってみれば、まさしく介護は親子のきずなを元に戻すものとなった。

この年、元禄《げんろく》九年（一六九六）佳奈は十一歳である。

療治部屋にはまだ灸《きゅう》の香《か》が残っている。患者は町内の腰痛の婆《ばあ》さんだった。佳奈はいま火の始末と灸のかたづけをしている。

「おまえさま、佳奈。終われば居間へ。もう夕の膳《ぜん》はできていますから」

「はーい。さあ、トトさま。早《はよ》う」

奥から聞こえた冴《さえ》の声に佳奈は返し、鍼《はり》を焼酎《しょうちゅう》で洗っている一林斎を急《せ》かした。

佳奈には夕餉《ゆうげ》のあとのまだ明るいうちに、楽しみが一つある。

家族三人が膳を囲んだ。部屋には味噌汁《みそしる》の香がただよっている。

だが、一林斎は佳奈と冴の〝いただきます〟の声に、

「ふむ」

うなずくような低い声を吐くと、あとは黙し、箸《はし》と碗を持った手もとめた。

鍼灸《しんきゅう》療治処・霧生院《きりゅういん》の仕事を終えると、たちまち一林斎の脳裡には、

（命を護《まも》るため大名になど、ほんとうにできるのか）

懸念《けねん》が渦巻いていた。

これまで幾度も命を狙《ねら》われ、護り通してきた源六君《げんろくぎみ》はまだ十三歳なのだ。

「トトさま」

「おまえさま」

佳奈が一林斎に目を向け、冴も視線を向けた。その目は言っていた。

（ここで心配しても詮無《せんな》いこと。すべて光貞公《みつさだこう》とご家老さまに。それよりも）

「ふむ」

一林斎はあらためてうなずき、

「さあ、佳奈。おっ、いい香りだと思ったら、浅蜊《あさり》の味噌汁ではないか」

「そうですよ、トトさま。早う」

ようやく一林斎の箸が動きはじめ、佳奈はさらにそれを急かした。

「佳奈。もっと落ち着いて」

冴がたしなめた。

それでも佳奈の食べようは速かった。

「もお、佳奈ったら」

と、冴もきょうはそれを容認した。

きのう、最後の患者の帰ったのが夕刻暗くなりかけたころだった。

「――佳奈、きょうはもう遅い。あしたから始めるぞ」

一林斎は言ったのだ。

「――ほんとう！」

佳奈は飛び上がってよろこんだ。いよいよ人体への鍼の練習である。

糠《ぬか》を固めた鍼山《はりやま》を押し手（左手）で押さえて鍼を打ち、水に浮かべた茄子《なす》や柿への的を違《たが》わぬ打ち込みなどはとっくに会得している。外へ遊びに行くにも胡桃《くるみ》を二つ持ち、手の中でくるくると器用にまわす指の修錬も怠《おこた》りない。このため町内の遊び仲間は、いまも佳奈を〝クルミの佳奈ちゃん〟などと呼んでいる。

ようやく箸を置き、

「トトさま、早う」

佳奈は縁側に走り出た。夕陽が庭にも縁側にも射している。

「トトさま。用意、できました。早う、早う」

縁側から呼ぶ声に、一林斎も急いで膳をすませ、縁側に出た。

さきほど一林斎が焼酎で消毒していた数本の鍼を、佳奈は手拭《てぬぐい》の上にならべている。

「よし。始めるぞ」

「はい」

夕陽に向かって横ならびになり、

「まず、ここじゃ」

一林斎は自分の足に打った。

佳奈が自分の足におそるおそる真似る。

「痛いっ」

「もう一度」

幾度もくり返した。

やがて、

「わっ。痛くない」

「そこじゃ。そこが経穴《つぼ》じゃ」

「はい！」

さらにくり返す。もちろん一カ所ではない。足に、手に、〝痛い〟〝痛くない〟の声が交差する。

台所をかたづけた冴も縁側に出てきて、射るような眼差しで佳奈の手さばきを見てうなずいている。これまで教えたとおり、手首も指先も幼く小さいながら、鍼師の動きを示している。

一林斎は、

「そこ、よし」

真剣な眼差しだ。

その胸中を、冴は解していた。

（佳奈をわが子として育て、お護りもうし上げる）

この〝姫〟は、紛《まご》うことなき源六君の妹御であり、紀州藩徳川家五十五万五千石の当代（第二代）藩主徳川光貞《みつさだ》の生涯最後に生まれた〝姫〟なのだ。

光貞はそれを知らない。母子もろとも遭難……認識している。知っているのは、光貞側室の由利《ゆり》の腹から、母体の命と引き替えに取り上げた冴と、それを護った霧生院一林斎、〝死なせてはならぬ〟と決断した城代家老の加納五郎左衛門《かのうござえもん》、〝おまえたちの子としてお育てするのじゃ〟と、一林斎と冴に命じた薬込役大番頭《やくごめやくおおばんがしら》の児島竜大夫《こじまたつたゆう》の四人のみである。

一林斎の配下で江戸潜《ひそ》みの薬込役たちも、佳奈の出自《しゅつじ》をうすうすとは知っている。

だが、それを舌頭《ぜっとう》に乗せるのは、

――禁忌《きんき》
互いに心得ている。

陽が沈んだ。

「ふーっ。トトさま。疲れました」

手にも足にも、血が滲《にじ》んでいる。一林斎は焼酎でそこを拭《ふ》いてやり、

「これをのう、痛くなくなるまで、毎日つづけるぞ」

「はい」

と、佳奈は自分の身を傷《いた》めても、弱音を吐くことはなかった。

背後から見ていた冴は、涙ぐみながらそっと立ち、居間に戻った。冴も紀州藩薬込役の手練《てだれ》であり、児島竜大夫の娘なのだ。


秋は陽が落ちてから暗くなるまでの時間が、ことさら短く感じられる。

新たな段階の訓練に佳奈は気疲れしたか、夜具に入るなりすぐに眠った。

淡い行灯《あんどん》の灯りに一林斎と冴は、佳奈の寝顔に見入った。

「おまえさま」

「うむ」

冴が低く言ったのへ、一林斎はうめきにも似たうなずきを返した。源六もそうであるが、とくに女の佳奈は美貌《びぼう》であった実母・由利の顔にますます似てきているのだ。国おもての和歌山にあって、由利の顔を知る者が佳奈を見ればハッとするであろう。京の伏見宮家《ふしみのみやけ》より出た光貞正室の安宮照子《やすのみやてるこ》が、源六を幾度も亡き者にしようとしたのは、

――わらわの嫁《とつ》いだ紀州徳川家に、〝下賤《げせん》の血〟が入ってはならぬ

それだけではなかった。

――災いをもたらすもの……殺せ！

京の陰陽師《おんみようじ》・土御門《つちみかど》清風《せいふう》の立てた〝卦《け》〟でもある。照子にとってそれは〝天の声〟であり、土御門家の式神《しきがみ》たちが幾人、一林斎ら紀州藩薬込役の潜みたちに斃《たお》され阻止されようと止《や》むものではない。もはやおのれの生涯において遂げねばならない執念となっている。

そのような照子に、

――もう一人、光貞に〝下賤の子〟が知られてはならない。

一林斎と冴が和歌山城下を出て江戸に潜み、神田須田町《かんだすだちょう》に〝鍼灸　産婆　霧生院〟の木札を出したのは、佳奈を護るためでもあった。さらにもう一つ、光貞より松平《まつだいら》頼方《よりかた》との名をもらい江戸住まいとなった源六を、照子の要請で京より出張《でば》った式神たちから護るためでもあった。

「おまえさま」

佳奈の寝顔を左右からはさみ、冴はまた言った。その意味を、一林斎は解した。懸念をまだ含みながらも、

「実現、するやも知れぬ」

一林斎は言った。

源六が大名となれば、もはや紀州藩徳川家の若さまを超え、綱吉《つなよし》将軍の臣下となるのだ。紀州藩徳川家の正室・照子が、おいそれと手を出せる相手ではなくなり、京の土御門家も式神をくり出すのを躊躇《ちゅうちょ》するだろう。大名となった松平頼方に刃《やいば》を向ければ、将軍家への反逆となるのだ。

そのため今年の夏に児島竜大夫をともない、江戸おもてに出てきた城代家老の加納五郎左衛門は、秋を迎えたいまなお江戸で幕閣《ばっかく》たちのあいだを奔走し、竜大夫はそれが藩邸奥御殿のご簾中《れんちゅう》さまである安宮照子に洩《も》れないように気を配っている。

「大番頭さまのつなぎによれば……」

一林斎はさらに声を殺した。佳奈を起こさないようにするためよりも、それがまだ藩においても世に対しても、秘匿《ひとく》されているからである。

「藩邸の重役たちは城代家老に賛同し、光貞公もその気になられ、さらに幕閣では老中の大久保忠朝《おおくぼただとも》さまが肯是《こうぜ》され、公方《くぼう》さまに働きかけてくださっておるとのことだ」

「それでは、やはり現実のものに……」

根拠はあった。竜大夫が一林斎へ秘《ひそ》かに告げたように、加納五郎左衛門が目をつけたのは、天領の越前国《えちぜんのくに》丹生郡《にうぐん》であった。

将軍家直轄地とはいえ、歴代の幕閣が持て余し、代官を派遣するのになり手がなく、苦慮している土地である。それもそのはずで、食邑《しょくゆう》（おもて向き）は三万石だがなにぶん北国で冬場は雪に閉ざされ、実高は一万七、八千石しかない土地柄だ。

「――御三家たる紀州徳川家が頼めば、割《さ》いてくれるやも知れぬ」

五郎左衛門は和歌山城下の家老屋敷に竜大夫を呼び、言ったものだった。

それがいま、曲がりなりにも進捗《しんちょく》している。

「おまえさま」

また冴は行灯の灯りのなかに、一林斎の顔を見つめた。

「ふむ」

一林斎はまたうなずいた。実現すれば、源六をいまの千駄ケ谷《せんだがや》の下屋敷とは比べられないほどの、照子には手のとどかぬところへ置くことができるだろう。だが、場所は遠い越前である。いま江戸の神田須田町に療治処・霧生院を構えている一林斎、冴、佳奈の〝家族〟に、いかなる変化を及ぼすか計り知れないものがあるのだ。

二

秋がいつの間にか霜月《しもつき》（十一月）となり、名のとおり霜の降りた朝に納豆《なっとう》売りや豆腐屋などが、ショキショキと足元に音を立てて路地から脇道へと触売《ふれうり》の声をながしている。霧生院でも裏庭の井戸端で氷を割って顔を洗った佳奈がおもての庭に飛び出し、

「わっ。トトさま、カカさま。雪が」

大きな声を上げげた。

秋以来、佳奈はずっと機嫌がいい。鍼の修錬が順調に進んでいるのだ。数日前には一林斎が腕をまくって佳奈の前に出し、

「――さあ、打ってみよ」

「――トトさま、では」

「――痛いっ」

「――あっ、トトさま」

「――もう一度じゃ」

「――はい」

痛くなかった。

さらに足にも、

「――うーむ、これじゃ。味でいえば〝酸っぱい〟といった感じかのう。いいぞ佳奈」

「――はい。トトさま」

己《おの》が身に痛さを知っておれば、他人《ひと》に打つとき、それが思い起こされるはずである。

そうしたようすに、傍《かたわ》らで冴はまたそっと目がしらを押さえたものだった。嬉《うれ》しいのではない。もちろん、それもある。だが一方、

（おいたわしや）

その思いがある。安宮照子の存在さえなければ、紀州藩徳川家の姫なのだ。

兄の源六君が大名に……進捗を一林斎が知ったのは、霜の上に雪が積もりだした日の午過《ひるす》ぎだった。夜明けとともに降りはじめた雪は、すでに下駄ではおいつかないほどに積もっている。こんな日は腰痛など通いの患者は来ない。いきおい患家《かんか》まわりの往診が増える。

ちょうど外から一林斎と薬籠持《やくろうもち》の佳奈が帰ってきたばかりで、玄関で冴が、

「まあまあ、佳奈もこんなに湿ってしまって」

と、用意した足洗いの湯桶に足をつけ、

「わあ、暖かい」

と、はしゃいでいたときだった。こうした日は足洗いの湯桶は必需品で、いずれの家も玄関の三和土《たたき》に出している。とくに患家まわりでは、足袋《たび》を幾足も持って行く。患家へ上がるたびに乾いた足袋に履き替えるのだ。もちろんこんな日に来てくれた一林斎や佳奈には、

「――まあぁ、佳奈ちゃんまで」

と、感動を家中であらわしている。それがまた一林斎にも佳奈にも、冷たさを忘れるほどに嬉しいものだった。

「おや。佳奈ちゃん、患家まわりをしていたかね。感心、感心」

玄関に声が入った。

顔を上げると、

「わっ、伊太《いた》のおじちゃんだ」

「まあまあ、これは。印判《いんばん》の伊太さん。こんな日にまたなにを。どこか痛みますのか」

佳奈が声を上げたのへ冴がつづけた。

「ふむ」

一林斎は低くうなずいた。このような日に来るには、なにか重要なつなぎがあるに違いない。イダテンは紀州藩上屋敷がある外濠赤坂《そとぼりあかさか》御門外の町場の長屋に一部屋借り、〝印判師　伊太〟の文字を腰高障子に書き込んでいる。江戸潜みを束《たば》ねる一林斎配下の薬込役の一人である。上屋敷内の薬込役と霧生院とのつなぎ役になっている。

「この空模様でさあ。きのうも一日中、判子《はんこ》を彫っていると、きょう起きたら肩が凝《こ》って痛《いと》うて痛うて」

「それはいかん。肩こりも風邪《かぜ》の元となるぞ。さっそく鍼を打っておこう」

「わっ、伊太のおじちゃん。わたしが」

「だめですよ。肩こりも風邪の予防も、首筋の経穴《つぼ》に打つのですから」

「あ、風池《ふうち》だ」

後頭部の髪の生えぎわにある経穴である。そうした知識は冴が細かに教えている。

だがそれらに鍼を打つのは、佳奈にはまだ先のことだ。

「だったら見学」

「その前に、療治部屋に手あぶりを」

「はい」

一林斎に言われ、佳奈は奥へ入った。

イダテンは笠と蓑《みの》をとり、湯で足を洗い乾いた足袋に履き替え、療治部屋で一林斎と二人になった。

奥では冴がゆっくりと手あぶりの用意をしている。

「いかに」

「はい。大番頭《おおばんがしら》さまと小泉忠介《こいずみただすけ》どのが明日の午《ひる》、日本橋北詰のあの割烹《かっぽう》で」

「分かった」

話はそれだけだった。

「はい、伊太のおじちゃん、手あぶり。もう一つありますから」

と、療治部屋に運んできたときには、もう話は終わっていた。

冴が手あぶりで時間を稼いだのは、このためだった。

佳奈はこのあと一林斎がイダテンの鎖骨《さこつ》近くの中府《ちゅうふ》や背中の肩甲骨《けんこうこつ》の内側にある風門《ふうもん》などの経穴に指圧を加え、鍼を打つのを凝《じ》っと見つめていた。それも一林斎の、

「さあ、ここが風門でなあ。ここから風邪の邪気は体内に入り、こっちの風池《ふうち》にたまると症状となってあらわれ、人を苦しめるのじゃ」

と、解説つきである。そのたびにイダテンは仰向けになったりうつ伏せになったり、

「こりゃああっしの体、佳奈ちゃんの学《まな》びの道具だわい」

と、指圧にも鍼にも気持ちよさそうにして、即効があるのか上半身裸になってもくしゃみ一つしなかった。

一刻《いっこく》（およそ二時間）ほどのちにイダテンが笠と蓑をつけ、帰り支度をはじめたころ、雪はさらに積もっていた。

あくる日、

「わっ、まっ白に固まっている」

夜明けとともに庭へ飛び出した佳奈が叫び、下駄にカタカタと音を立てた。雪は夜半に熄《や》み、夜のうちに凍ってあたり一面銀盤となったようだ。このような日は、ぬかるまないのでかえって出歩くのにはよい。

きょうは冴と佳奈が患家まわりをする。一林斎は〝日本橋北詰のあの割烹〟に行かねばならない。それだけで場所は江戸潜み《ヽヽ》の薬込役には分かる。一同が集まるときは頼母子講《たのもしこう》の寄合《よりあい》だと称して部屋を借りている、本通りから脇道に入った目立たない小料理屋だ。

「佳奈、滑って転ぶなよ」

「大丈夫、大丈夫」

と、一林斎の声に送られ、冴と佳奈は往診に出かけた。もちろん冴も鍼の心得がある。それに町内の産婆として、そのほうにも気が抜けない。

二人が出かけ、しばらくしてから、

「へへへ。さっきご新造《しんぞ》さんと佳奈ちゃんに頼まれやしてね。留守居《るすい》、させてもらいやすぜ」

と、留左《とめざ》が来た。股引《ももひき》に綿入れを着込んだ姿はサマにならない。町内の遊び人で腹の激痛を治してもらって以来、

「——薬料の代わりでさあ」

と、なにかと霧生院に来ては庭の草引きをしたり水汲みをしたり、霧生院でもけっこう重宝している。

「おう、留《とめ》。待っていたぞ。儂《わし》もそろそろ出かけるでのう」

と、一林斎はすでに他出の用意をしていた。儒者髷《じゆしやまげ》で腰のあたりが緩《ゆる》く足首の部分は狭く、絞り袴《しぼりばかま》よりも機能的に仕立てられた軽衫《かるさん》をはき、袖《そで》の細い筒袖《つつそで》を着込み、冬場のことで羽織をつけ、さらに薬籠を小脇に抱えておれば、いかにも町場をまわる徒歩医者《かちいしや》に見える。羽織の裾《すそ》からちらちら見える、五寸釘ほどの長さで剣に似た形に鍛鉄《たんてつ》で打たれた苦無《くない》も、薬草採りに使う医者の必需品であり、それが一林斎にとっては得手《えて》の武器となっている。

神田須田町から日本橋までは、神田の大通りを南へ十三丁（およそ一・四粁《キロ》）ばかりの一直線で、雪の凍った道に下駄でもさほど時間はかからない。

午《ひる》にはまだ早すぎる時刻に霧生院の冠木門《かぶきもん》を出た一林斎は、神田の大通りに入ると南へは歩をとらず、向かい側の枝道に入った。大通りを横切るとき、あたりを見まわした。さすがに白一色のなかに荷馬も大八車も出ていない。人影もまばらななかに、尾《つ》けているような不審な影はなかった。

それでも日本橋北詰の割烹に行くときは、細心の注意を払う。安宮照子も奥御殿上臈《じょうろう》の久女《ひさめ》も、鍼灸の名医である霧生院一林斎とは面識があり、久女などは一林斎を外出時の侍医にまで推挙したほどである。照子はそれを承知し、実際に外出時の照子に鍼を打ったこともあるのだ。

（よもやご簾中さまや久女どのが、わが素性に気づいているはずはない）

だが、用心は必要だ。

三

凍った雪を踏み、脇道を幾度も曲がり、ようやく午時《ひる》分に日本橋北詰の割烹に入った。須田町の霧生院とおなじで、おもて通りから脇道に入った目立たないところに暖簾《の》簾《れん》を出しており、客筋に一見《いちげん》は少ない。

「やあ、また世話になりますよ」

と、暖簾を入ると、いつもの一番奥の部屋に通された。例によって隣の部屋も借り切り、空き部屋にしている。壁に耳ありを常に念頭に置いておくのが、甲賀《こうが》のながれを汲む紀州藩薬込役の不文律なのだ。

「おっ、これは組頭《くみがしら》。大番頭《おおばんがしら》は間もなく」

と、武士姿の小泉忠介が待っていた。組頭と大番頭の座に同席するとは、むろん薬込役で江戸潜みの一人である。しかも小泉は光貞の腰物奉行で藩主とのつなぎ役となっている。光貞はそれを承知し、だから身近に置いているのだ。

ほどなく大番頭の児島竜大夫も来た。武家姿だった。

「藩邸では一人で江戸の雪景色を堪能したいゆえと言って出てきた。まわり道をしたが、尾けている者はおらなんだ」

言いながら三《み》つ鼎《がなえ》に腰を下ろし、胡坐居《あぐらい》になった。国おもてから城代家老とともに薬込役の大番頭が同行したことは、当初から奥御殿の照子や久女の注意を惹《ひ》き、その動きは久女配下の腰元たちから常に見張られているのだ。

「だからきょうも、わざと正面門より堂々と出てきてのう」

竜大夫は言う。外では職人姿のイダテンが藩邸を出るときから目を配り、割烹に入るときも暖簾の前で何気なくすれ違い、

「――ご安心を」

竜大夫に告げている。このあともイダテンは屋内での鳩首《きゅうしゅ》が終わるまで周辺を歩き、式神らしき者が出ていないか見張ることだろう。

部屋では膳が運ばれ、さりげなく談合に入っていた。

「わしはなあ、あした国おもてに帰るぞ」

「えっ」

と、これは腰物奉行の小泉忠介も初耳であり、

「ならば、やはり大番頭は江戸での任を終えられた……と」

「どういうことでございましょう」

小泉につづき一林斎も問いを入れた。

小泉は〃やはり〃と言った。兆候《ちょうこう》はあったのだ。だが詳細まで知らなかったのは、加納五郎左衛門と児島竜大夫らの工作がいかに隠密裡に進められていたかを示している。竜大夫の役務は、工作が奥御殿に洩れぬように、家臣や腰元たちの動きに目を配ることだった。

「つまりだ、話が奥御殿に洩れたということじゃ。藩邸の者が洩らしたのではない。柳営《りゅうえい》（幕府）の大奥あたりから伝わったようじゃ」

「えっ、ならば」

また〃ならば〃と言ったのは一林斎だった。

三人は箸と口を動かしながら、声は極力抑えている。

「さよう。柳営でも話がほぼまとまり、もちろん、なぜ十三歳の末子《ばっし》にとの疑問はあったようじゃが、そこはそれ、いかにも光貞公らしいわい。わっはっは」

笑い声だけ大きかった。柳営で光貞は老中や大目付たちに、

「──末子だからでござる」

と、押し切ったそうな。幕閣たちは光貞の要請と、越前国丹生郡という土地のようすとを重ね合わせ、なんとなく了解したような顔つきになったという。

「ご家老もこれには苦笑されてのう」

竜大夫は言う。

一林斎と小泉忠介も顔を見合わせ、光貞の人を喰ったような言に苦笑を禁じ得なかった。

ともかく話はまとまり、あとはどう段取りをつけるかの段階に入ったようだ。それが柳営から大奥に伝わり、そこから安宮照子にも伝わったようだ。

「ご簾中《れんちゅう》さまも久女どのも、驚かれましたろうなあ」

「そこじゃ、問題は」

一林斎が言ったのへ竜大夫は応えた。京の土御門清風が江戸へ送り込んだ式神たちは、ことごとく討ち取り、一林斎が瀕死《ひんし》の重傷を負ったのはついこの春先のことであ

る。

――頼方《よりかた》が大名になる
ご簾中の安宮照子も奥御殿上臈の久女も仰天し、額を寄せ合ったはずだ。当然、焦る。京へ早飛脚を立てたかも知れない。だが京の土御門家といえど、そうつぎつぎと式神を江戸へ送ることはできない。訓練された式神は払底《ふってい》しているはずだ。だが、油断はできない。

「これからの動きで気をつけねばならんのは、江戸のご簾中さまより、京の土御門家じゃ。よってわしはあす、江戸を発《た》てば行く先は京じゃ。一応の見張りはつけておるが、慥《しか》と見定めねばのう。源六君が大名になられても……」

一林斎も竜大夫も、〃頼方さま〃よりも〃源六君〃のほうが呼びやすく、親しみも覚える。もちろん、冴もそうである。

一林斎はつづけた。

「ご簾中さまと土御門清風のことじゃ。いかなる手段《てだて》を用意するやも知れぬ。わしが江戸を離れてからも当面は、江戸潜みの配置をいまのままとせよ。屋敷の内も外も、おさおさ警戒を怠《おこた》りなく勤めよ」

「むろん」

一林斎は返しながらも奇異に感じた。配置はそのまま、警戒は怠るな……わざわざ日本橋の割烹に二部屋を取って話すことでもない。

「さあ、小泉。あとは親子としての話ゆえ」

竜大夫が言うと、小泉は事前に聞いていたかのように、

「では組頭、あとはごゆるりと」

腰を上げた。

「えっ？　そなた」

「あはは、一林斎。冴は息災かの」

一林斎の疑問を受け取るかのように、竜大夫は話しはじめた。

「そのことでございましたか。それなら冴も佳奈も息災にて……」

一林斎は解した。竜大夫が前に下屋敷に入った腰元のカエデとモミジ、それに蛇使いの義平《ぎへい》を斃《たお》すため江戸入りしたときは、着物を尻端折《しりはしより》に股引《ももひき》をはき半纏を着込み菅笠をかぶった、上方《かみがた》の薬種屋の隠居という触れ込みで、藩邸にも江戸に入ったことは伏せていた。だからかえって気軽に霧生院を訪れ冴と会い、〝孫〟の佳奈を案内役に江戸見物にも出かけたのだ。

だが、こたびは城代家老のお供という公用であり、竜大夫が薬込役の棟梁《とうりょう》である

ことは、藩邸の者は知っており、奥御殿は警戒の目を向けている。その立場で神田須田町の霧生院を訪れたのでは、一林斎が江戸潜みの組頭であることを安宮照子と久女に教えてやることになる。もちろん、腰元などが尾《つ》けても簡単に撒《ま》ける。だが〝撒かれた〟と思わせることが、危険につながる。

だからこたびは、娘の冴にも〝孫〟の佳奈にも会うのをひかえているのだ。一林斎は冴が息災なことはもとより、佳奈に鍼の実技を、また冴が飛苦無《とびくない》や手裏剣の鍛錬もしていることを話し、

「佳奈さまは、容貌《きりよう》がますます由利さまに似てまいりました」

「うーむ」

竜大夫は唸った。その表情に苦痛の色が秘められているのを、一林斎は感じ取った。それは佳奈の出自《しゆつじ》を知る者の、共通の思いなのだ。

話はそれだけではなかった。

「なあ、一林斎」

竜大夫は重苦しそうに口を動かした。

「以前にも命じたはずじゃ。昨夜もご家老と話し合った。源六君の御為《おんため》でもあれば、佳奈さまのためでもある。さきほども申したとおり、源六君が大名になられたとて、

ご簾中がいかなる策を講じて来ぬとも限らぬ。……埋《うず》めよ」

「ははーっ」

一林斎は返し、ようやく小泉忠介を先に帰した理由を覚《さと》った。

埋《うず》め鍼《ばり》だ。戦国以来、甲賀の霧生院家に受け継がれてきた秘術であり、それを知る者は代々の霧生院家と薬込役大番頭、城代家老、藩主のみである。

その秘術を体得している者も、いまは一林斎のみである。極細の鍼を対手の皮膚に打ち、微妙に曲げて先端を折り、それを体内に残したまま鍼を抜く。幾本か、ときには十数本の場合もある。その者にいかなる兆候もあらわれない。ただ日常のごとく、日々を暮らす。だが、鍼は皮膚と筋肉のあいだを移動して体内をめぐり、鼓動に引きつけられるように心ノ臓に向かい、一本が刺す。それが十日後になるか一月《ひとつき》後か、さらに半年後か一年後か、あるいは三年後か、一度打ち込めば、あとは対手の体内での鍼の動きしだいである。そのとき、

『あっ』

対手は声を上げ、息絶える。原因は当人にも誰にも分からない。たとえ将軍家の御典医の目の前であっても手の施しようはなく、

『天命じゃ』

言わざるを得ない。

竜大夫はご簾中の安宮照子を、

――その手で暗殺せよ

催促しているのだ。

「殿は、このことを……」

「言えるか、さようなことが。わしとご家老とで話し合《お》うたことじゃ」

「御意《ぎょい》」

一林斎は返した。

この日おなじころ、加納五郎左衛門は、

「辺鄙《へんぴ》な地の雪景色はさぞ美しかろう」

と、数人の供を連れ下屋敷のある千駄ケ谷に向かっていた。下屋敷には、息苦しさと照子の虐《いじ》めから逃れるため上屋敷を出た松平頼方こと源六君が座《おわ》している。

千駄ケ谷は赤坂から西へ武家地に林道《はやしみち》、畑道、さらに幕府の鉄砲場の脇を抜け、二十丁（およそ二・二粁《キロ》）ほどの道のりである。

鳩森《はとのもり》八幡宮の小ぢんまりとした門前町の道一筋が千駄ケ谷の町並みで、そこを過ぎたところに下屋敷はある。昨年の春、この町場の裏手で竜大夫は江戸潜みの薬込役であるクネリ、ロクジュ、ヤクシを差配し、蛇使いの義平、下屋敷腰元のカエデ、モミジらの式神たちと死闘を演じ斃したのだった。

江戸城下を離れた下屋敷で、松平頼方はのんびりしていたわけではない。光貞は下屋敷に剣術、学問、武家作法の教授方を派遣し、その課程に追われていた。むろん外に出て山野を駈けめぐることもある。だが十三歳ともなれば、

（わしは狙われている）

自覚はあり、むやみに出歩くことはなかった。そのことは、千駄ケ谷の町場に季節おりおりの商《あきな》いをする際物師《きわものし》として潜んでいるロクジュからの報告で、一林斎は一応の安堵《あんど》を得ていた。源六のその自覚にもまた、

「――おいたわしや」

冴は秘かに涙ぐんでいた。和歌山城下にあって五郎左衛門の屋敷で養われていたころは、いつも〝薬種屋〟の一林斎の家に走って来ては佳奈をつれ出し、町場に村に海浜にと駈けめぐっていた。一林斎が秘かに警護につき、夕方泥だらけになって薬種屋に帰ってくれば、冴が盥《たらい》の風呂に入れ稚児髷《ちごまげ》を結いなおし、中間《ちゅうげん》姿の氷室章助《ひむろしょうすけ》がつきそい、家老屋敷に送り返していたのだ。そのような源六は佳奈にとって、まさし

く〝源六の兄《あん》ちゃん〟だった。

五郎左衛門が銀盤となった雪を踏んで下屋敷に入ったとき、頼方は上半身裸で弓の稽古の最中だった。体から湯気が立っている。

「おぉ、頼方さま。ご精が出ますなあ」

「おおっ、爺《じい》。まだ江戸であったか」

庭で声をかけた五郎左衛門に頼方は弓矢の手をゆるめ、

「どうじゃ、五郎左。かように雪が凍ってあたり一面まっ白の氷になるなど、和歌山ではなかったのう」

「御意」

「見せてやりたいなあ、佳奈に。つぎ江戸へ出て来るときには、連れて来てくれぬか」

「あっはっは。ご無理を」

佳奈が一林斎、冴とともに神田須田町に住んでいることを、源六は知らされていない。むろん佳奈も、源六が紀州徳川家の若さまで松平頼方を名乗っていることなど知るはずがない。自分が姫であることも知らないのだ。

「あ、頼方さま。そのまま動きをとめられては風邪を引きますぞ。これ、そこの中間、手拭を」

「はっ」

手拭を持って走り寄って来たのは、役付中間として下屋敷に入っているヤクシだった。薬草に長《た》け、下屋敷で江戸藩邸が消費する憐《あわれ》み粉《こ》を調合しているのだ。ヤクシやロクジュ、イダテンが一林斎配下の薬込役であることを知っているのは、藩邸では小泉忠介と中間姿の氷室章助のみである。

ヤクシから手拭を受け取ると自分で体を拭きながら、

「爺、なにか話でもあってのことか。かような日に来るとは」

「はい。よき話にございますぞ」

五郎左衛門は応えた。この日、頼方に心構えだけでもさせておこうと、大名への話が進んでいることを告げに来たのだ。

だがこのあと、奥の部屋から、

「望まんぞ、わしは！　さようなことっ」

怒鳴るような頼方の声を、近くの部屋にひかえていた家臣らは耳にした。

おなじころ、神田須田町では患家まわりから冴と佳奈が帰って来たところだった。

午《ひる》を過ぎても風が冷たく、銀盤はまったく溶けていない。

「カカさま、雪が氷になるなど和歌山ではありませなんだ。源六の兄ちゃんに見せてやりたいねえ」

冴はハッとしながらも、

「そうね。おもしろがるかもしれません」

言いながら、霧生院の冠木門をくぐった。

「わっ。これは」

佳奈が声を上げ、冴も驚いた。

冠木門の周辺から玄関まで、地肌が見えるまで雪かきがされ、一筋の道となっていた。

「へへへ。佳奈ちゃんやお年寄りの患者が転ばねえようにと思いやしてね」

言いながら玄関から留左が出てきた。遊び人とはいえ、霧生院では実際に役に立つ存在となっている。

## 四

一度雪が積もれば、溶けはじめてから十日ほど道はぬかるみ下駄も履けず、大八車などは往来困難というよりほとんど動かせず、天候にもよるが地面が乾いて土ぼこりが舞うまでさらに十日か二十日はかかる。

その間どこの家でも商舗《みせ》でも屋敷でも、玄関に水桶と湯は欠かせず、日に何度も入れ替えることになる。

霧生院の庭は留左のおかげでかなり助かったが、それでも、

「わあっ、トトさま。冷たいっ」

と、佳奈も往診の薬籠持で出るときは裸足になっていた。こうした季節には風邪《かぜ》に加え腰痛などを訴える年寄りが多く、一林斎は一軒一軒まわっている。町内に赤子が生まれたときなど、知らせの者が裸足で泥水をはね上げ霧生院に駈け込み、

「佳奈！　早く用意をっ」

と、冴が佳奈を連れ、二人とも脛《すね》まで着物の裾をまくり上げてぬかるみのなかを走る。それでも霜《しも》焼けにならないのは、濡れるたびに手拭で拭き、気血の流れを潤滑に

する揉《も》み療治をしているからだろう。

往還にふたたび土ぼこりが舞いはじめたのは、月がすでに極月《ごくげつ》（十二月）となり、幾日かが過ぎてからだった。

遠路の飛脚が霧生院の冠木門に駈け込んだのは、そのような一日だった。

「上方《かみがた》からです」

飛脚は言った。待っていたつなぎである。

居間の火鉢の前に腰を下ろし、一林斎は封を切った。竜大夫の直筆だった。薬込役にしか判読できない符号文字で認《したた》められている。

「おまえさま、いかような」

冴も療治部屋のかたづけから戻ってきた。

――ふたたび十数人が鞍馬《くらま》の山中、嵯峨野《さがの》の樹間で修錬。いずれも若く、女式神幾人かを含む
やはり策動している。

符号文字はまだあった。

――土御門清風の輿《こし》、極月初め、御所の今出川《いまでがわ》御門に入る
つい数日前のことになる。一林斎には、土御門清風の動きが松平頼方の大名昇格の

噂《うわさ》を受けてのものであることが、即座に察せられた。

今出川御門と聞けば、行く先はおのずと分かる。関白近衛家《かんぱくこのえけ》の屋敷だ。

「見よ」

冴も薬込役なら、符号文字は解る。

用件だけの短い文面に目を通し、内容が京の動きなら、返す言葉もつい上方なまりになった。

「京の陰陽師はん、なんと大仰《おおぎょう》なことを」

「ほんまに、困ったもんや」

一林斎もつられて言ったのへ、

「なんやの?」

佳奈までが上方なまりで居間に入ってきて、

「寒うっ」

と、肩をすぼめ、二人の言葉の抑揚に誘われたか、

「お江戸の冬は寒いばっかりや。紀州やったら、冬でも温《ぬく》い日があるのに」

一林斎と冴は顔を見合わせた。佳奈の脳裡にいま浮かんできたのは、

(源六の兄ちゃん)

和歌山での冬を思い起こしたようだ。

「そうだのう。おまえといつも遊んでいた、源六だったか。いずれお武家の若さまのお忍びじゃったからなあ」

佳奈の胸中を察した一林斎は、武家言葉で言った。

「でもお」

と、佳奈は物足りなさそうに台所へ入り、

「カカさま。居間の火鉢、炭を足さなくてもいいですかぁ」

飛脚の文《ふみ》に興味を示したのではなく、炭を取りに行くついでにちょいと居間をのぞいただけだったようだ。

一林斎と冴はホッとしたようすで、また顔を見合わせた。

その源六君も、

「――下屋敷からお出にはならず、おとなしゅう学問と武術の修錬に……」

と、先日ロクジュが報告に来たばかりだ。ロクジュに知らせるのは、下屋敷内にいるヤクシである。凍った銀盤の上で弓矢に励んでいた源六も、やはり紀州育ちで寒さは苦手のようだ。

「困ったことじゃのう」

京の動きである。一林斎は文を火鉢の火に入れた。小さな炎を上げ、すぐに燃え尽きた。

土御門清風が十二年前、わざわざ江戸に出張り紀州家奥御殿の庭で〝殺せ〟との卦《け》を立てたのは、光貞に側室が多いのを怒った照子が、

「——なんとかしてたもれ」

と、実家の伏見宮家に泣きついたのが原因《きっかけ》だった。しかもそのとき紀州で生まれたのが、〝下賤の腹〟からだったのだ。

清風が〝殺せ〟と卦を立てたのは、伏見宮家の差し金だった。もちろん、

「——あとは任せておじゃれ」

清風は約束した。それが式神たちを刺客《しかく》としてくり出すことだった。

「——宮中での女官たちの艶事《つやごと》にまでなにかと嘴《くち》をはさむ。ならば徳川はんはどうなのや。京の底力を、江戸へ暗に見せてやるのもおもしろうおじゃりますなあ」

などと、伏見宮家と土御門家との動きを知った公家《くげ》衆は言ったものだった。

それの成果がなかなか出ない。

侍《さむらい》烏帽子《えぼし》に直垂《ひたたれ》の従者を随《したが》え、古式ゆかしく今出川御門を入った清風の輿《こし》は、むろん関白近衛家の門の前で停まった。

時の関白は近衛基熙《もとひろ》である。奥の部屋で二人は対座した。

基熙は言った。

「照子はんの我儘《わがまま》にも困ったもんやが、安倍晴明《あべのせいめい》の直系でおじゃるそなたが請負うて、いまなお結果が出ぬとはいかなることや。かえって京の底力の足りぬを、紀州の徳川はんに見せてしまうことになってるやおへんか」

「それゆえ、こたびこそは」

清風は言い、

「きょうは、その決意のほどを関白さまにお知らせしとうて参ったしだいにおじゃりまする」

「紀州の光貞はんだけやのうて、柳営《りゅうえい》の綱吉《つなよし》はんの肝も冷やすようなこと、早う見とうおすがな。京の陰陽師の卦のとおりになってしもうた……と。なあ、清風はん」

「はーっ」

総髪《そうはつ》の清風の髪が、肩からぱらりと関白家奥座敷の畳の上に垂れた。

近衛基熙はたしなめるどころか、けしかけていた。

# 五

いくらその気になっても、新たな式神を訓練するには時間がかかる。

不穏な空気のまま年が変わり、元禄十年（一六九七）の新春を迎えた。源六は十四歳に、佳奈は十二歳になった。一林斎と冴は四十二歳と四十歳だ。

寒さがゆるみ、
霧生院の庭で、薬草畑の手入れに来た留左がまた佳奈に聞く季節になった。

「佳奈ちゃん。また雑草と薬草の芽の違い、教えてくだせえ」

一林斎はこの間に一度、お忍びで外に出た加納五郎左衛門と日本橋北詰の割烹で会っていた。五郎左衛門はまだ国おもてに帰っていなかったのだ。ということは、天領の丹生郡葛野《にうぐんかずらの》を紀州徳川家の末子《ばっし》に割く話が、いよいよ佳境《かきょう》に入ったことを示している。

もちろんその日は、奥御殿に京より新たな腰元が入っていないことを小泉忠介と氷室章助が確かめ、さらにイダテンが厳重に日本橋界隈《かいわい》を見張った上での鳩首《きゅうしゅ》である。

部屋で対座し、

「近いうちにのう、将軍家が紀州藩上屋敷へ御成《おな》りになる」

「えっ。ならばそのときにご沙汰《さた》が」

「さよう」

「ふーっ」

五郎左衛門の話に、一林斎は大きく息をついた。源六の環境が、ふたたび大きく変化するのだ。

この日も一林斎は一直線の神田の大通りを避け、ゆっくりと両国《りょうごく》広小路に出て神田川の柳原土手《やなぎわらどて》から須田町に帰った。まだ陽は高かった。

冴に話した。

「いよいよですか」

冴はよろこぶより、やはり懸念を表情に浮かべた。

――源六君をお護りする
それが江戸に潜む薬込役の使命で、しかも一林斎はその組頭であれば、

「越前の丹生郡葛野に……移らねばなりませんのか。佳奈をつれて」

「うーむ」

冴の言葉に一林斎はうめいたが、

「われら夫婦には、佳奈姫を護るのも役務なれば……」

ぽつりと言った。

待合部屋に患者はおらず、冴が灸を据えた患者もさきほど帰ったばかりだ。療治部屋にはまだ灸の香が残っている。

「ほらほら。留《とめ》さん、うしろ。そこの小さな芽、薬草、薬草」

「うへっ、危なかった。踏みつぶすところだったぜ」

佳奈と留左の声が庭から聞こえてきた。

懸念か朗報か、明瞭となる日が来た。弥生《やよい》（三月）なかばの一日だった。イダテンが腰痛の患者を装い、順番を待って療治部屋に入った。そこには一林斎と冴がいる。隣の待合部屋との仕切りは板戸一枚であり、声は聞こえる。

「ふーっ、アチチチ。灸が大きすぎますぜ、先生」

若い印判師の悲鳴に、待合部屋にいた年寄りから、

「どうした、若いの。辛抱が足りんぞ」

声がかかる。町の療治処のいつもの光景だ。

「しかし、熱いものは熱いっ。ひーっ、先生」

ふたたび言ってからイダテンは声を低め、

「明日、御成り。源六君、すでに上屋敷へ……。ひーっ、効くうっ」

瞬時、療治部屋の空気はとまった。

その夜、佳奈が寝入ってから一林斎と冴はまた話した。

「向後《こうご》の役務。大番頭とご家老がどう差配されるかだ」

「はい」

冴は短く返事する以外なかった。それが薬込役の宿命なのだ。

一夜は明けた。朝から陽光のこころよい日だった。

綱吉の口から出るまでは、話は成就《じょうじゅ》したとは言えない。照子はあくまで阻止しようと画策するだろう。それらのようすは、きょうあすにも小泉忠介が知らせて来よう。江戸城内は日の出とともに、将軍家の外出に大きく動いていた。

御成りといっても内濠《うちぼり》の大手門から外濠《そとぼり》の赤坂御門までで、御門を出て濠沿いの往還を横切ればすぐそこに紀州藩上屋敷の表門がある。それでも将軍家の御成りである。大手門から赤坂御門外まで、道筋は掃《は》き清め水が撒《ま》かれて一切の通行は遮断され、そこに鉄砲組、弓組、槍組が警護し、多数の腰元衆も交えた総勢千人余のきらびやかな行列が組まれた。

迎える紀州藩上屋敷では、数日前から奥御殿に一部新築された御成り座敷が用意され、清掃の行きとどいたなかに厳戒態勢に入っていた。

先頭の毛槍の一群が紀州藩上屋敷の門を入っても、後方の列はまだ赤坂御門の中にまでつづいている。

殿《しんがり》がようやく紀州藩上屋敷の中に入った。

奥の広々とした御成り座敷である。午《ひる》にはまだかなり間のある時刻だった。

紀州藩徳川家の嫡子綱教《つなのり》と次男頼職《よりもと》が、

「おぉう、おまえたち。久しいのう。苦しゅうない。近《ちこ》う」

声をかけられ、綱吉の前に膝行《しっこう》した。三十三歳と十八歳の異母兄弟だ。

綱吉は上機嫌だった。

だがそこに、松平頼方の姿がない。

「――畏《おそ》れ多くも将軍家への拝謁に、下賤の血の者の同席はいかがなものであらしゃいましょう」

と、安宮照子の差し金により、別室に控えさせられていたのだ。将軍家への目通りが叶《かな》わなければ、天領を拝領しての大名への道は消える。

末席に控えている五郎左衛門は、いま別室に一人端座させられている源六の胸中を推し量れば、断腸の思いに両手の拳《こぶし》をかすかに震わせていた。

綱吉は上機嫌のまま、眼前にならぶ異母兄弟二人を見つめ、そのまま視線を光貞に向け、

「さすがよのう光貞。かくも歳の差のある子をもうけるとは。ふむ、徳川はこうあらねばならぬ。子孫多きは家の繁栄につながるゆえのう」

座に軽い笑いが洩れ、なごやかな雰囲気になった。その機を逃さず、同席していた老中の大久保忠朝《ただとも》がすかさず声を入れた。

「上様。紀州公には、まだ歳の差のある男子がございます。そうでござったのう、光貞どの」

これこそ工作の成果であり、光貞と五郎左衛門の待っていた一言である。

綱吉は応じた。

「ほう。そういえば、さように保明《やすあき》からも聞いておった。なぜここにおらぬ。呼ぶがよいぞ」

「えっ」

照子は低い声を洩らしたが、この場で否《いな》を唱えることなどできない。保明とは、将軍家側用人の柳沢《やなぎさわ》保明のことである。ここにも成果は顕《あらわ》れた。五郎左衛門は柳沢邸

に幾度も足を運んでいたのだ。

松平頼方こと源六は綱吉の前に召し出された。前髪《まえがみ》の十四歳である。

「恥ずかしながら、妾腹《しょうふく》の子なれば」

光貞の言う遠慮の理由に綱吉は、

「なにを申す、そこの二人も妾腹であろうが。わっはっはっは」

笑いだし、

「さきほども申したであろう。余を支える大名家たるもの、とくに徳川一門においては、常に世継ぎの準備はおさおさ怠りなくしておくが肝要。ふむふむ、光貞、天晴《あっぱ》れなるぞ」

座がいっそうなごむなかに、綱吉の上機嫌はそれだけではなかった。

十四歳ともなれば、頼方の心中は〝妾腹〟などと言われ穏やかでない。不羈奔放《ふきほんぽう》に育った身であればこそ、

(妾腹で悪うございましたなあ)

と、とくに綱吉に対しては、和歌山城下でみずからも一林斎の調合した憐み粉を撒いて野良犬を避け、ときには領民を犬の跋扈《ばっこ》から助けたりもしていた。犬の鼻に目くらましをかける憐み粉を、いまも千駄ケ谷の下屋敷で藩の極秘としてヤクシが調合

し、藩士や腰元たちが秘かに使っておれば、

（この犬公方め）

市井《しせい》の者とおなじ感情を抱いている。それも加わったか、綱吉と双眸《め》を合わせたとき、頼方は反骨ともいうべき光を湛《たた》えていた。その挙措《きょそ》に、光貞も五郎左衛門もひやりとしたが、

「ほう」

綱吉はうなずいた。その光が御殿育ちの上の二人にくらべ、意気軒昂《いきけんこう》の輝きに見えたのだ。綱吉は言った。

「有望なり」

そこに越前国丹生郡葛野《かずらの》藩三万石の話は出た。

「与えようぞ」

周囲はどよめいた。

しかしその夜、

「爺《じい》っ。三万石がなにほどのものじゃ！」

頼方は上屋敷中奥の一室で声を荒らげていた。向かい合っているのは加納五郎左衛門だ。

「頼方さま。出世と料簡《りようけん》なされませい」

「なにを言う。わしは望まんぞ！　雪の越前より、黒潮の紀州が恋しいぞ。あの川原に海辺に田の畦道《あぜみち》、わしは源六じゃ。松平頼方とは誰《た》れぞ。有望？　さような者、わしは知らん！」

「言葉をつつしまれい、頼方さま。ご出立《しゆったつ》は来月でありますぞ」

「言うな！　爺っ」

頼方が憮然《ぶぜん》と千駄ケ谷の下屋敷に戻ったのは翌朝、日の出と同時だった。

「ほぉう、将軍さまがご簾中の小細工を挫《くじ》かれ……ふむふむ。それに源六君はご家老に喰ってかかられたか。あははは、源六君らしいわい」

翌日の午時《ひる》分だった。腰物奉行の小泉忠介が療治処に来ていた。

「ご家老はここ数日中に国おもてへお帰りになり、向後の潜みについては、大番頭さまと状況を見ながら決めるゆえ……と」

「さようか」

一林斎の相好はにわかに消え、表情が深刻にきりりと締まった。

引きつっている。安宮照子だ。

きのう御成り座敷がどよめいたときに強張《こわば》った表情が、一夜明けてもまだ消えない。それどころか、

「むむっ、久女！　どういうことじゃ、これは」

「いまさら、如何《いか》にすることも……」

「分かっておる。清風どのへの文《ふみ》、認《したた》めたかや！」

「その儀なれば、飛脚はすでに東海道を」

京の土御門清風へ事態を知らせるとともに、

――次なる式神、急げ
催促の文を認めるよう久女に命じたのはきのう、綱吉の行列が上屋敷を出たすぐあとだった。秘かに呼ばれた飛脚が奥御殿の裏手から出たのは、源六が憤懣《ふんまん》やるかたなく下屋敷に帰ったのと前後する時分だった。

照子の憤懣は、収まるよりもさらに募った。

――紀州徳川家の末子が三万石の大名に
噂は江戸城中を走り、さらに城外の武家地にもながれた。

為姫《えいひめ》の嫁いだ上杉《うえすぎ》家からも、為姫より生まれた左兵衛義周《さひょうえよしちか》を養嗣子《ようしし》に迎えた吉良《きら》

家《け》からも、祝いの品が紀州藩徳川家に寄せられた。為姫は紀州徳川家において、照子の腹になる唯一の血筋である。それが米沢藩十五万石の上杉家へ、さらに幕府高家《こうけ》筆頭の吉良家にと、まさしく華麗なる血脈である。そこに肩をならべる松平頼方のみが〝下賤の血筋〟なのだ。

(なんとも申しわけなきこと)

照子は松平頼方の存在を、上杉家や吉良家に胸中で詫び、現在《いま》なお消えぬ頼方の存在そのものを憎む心情を倍加させていた。

六

大名家という殻《から》で源六を護る策は成った。

だが、加納五郎左衛門の労苦はつづいた。新たな葛野藩の藩士をどうするか……五郎左衛門は光貞と鳩首し、江戸藩邸より五十人、紀州より百人を割き、松平頼方の家臣団とすることを決めた。

だが、誰が望もうか。華やかな江戸暮らしから、あるいは黒潮の流れる温暖な紀州から雪国へ、しかも御三家の家臣から越前の小藩の家臣へ……。それだけではない。

石高三万石といっても実収入は一万八千石にも満たない。紀州藩時代とおなじ禄《ろく》を食《は》んだとしても、実質は藩の石高とおなじで、おもて高の半分近くになる。百石取りだった者は六十石に、六十石の者は三十石をわずかに超すばかりとなるのだ。

江戸藩邸でのその人選に五郎左衛門は奔走し、国おもてへ発つことができたのは、綱吉公の裁許があってより十日ほどを経たのちだった。もちろん国おもてでは、人数が倍であれば労苦も倍になる。

不満をやわらげるためか、五郎左衛門はみずからの子息の加納久通《ひさみち》を葛野藩の国家老に据え、丹生郡葛野へ遣《や》ることにした。源六が加納屋敷で養われていたときから親しく接しており、それは適任といえた。一林斎も五郎左衛門の子息ならよく知っている。この年、久通は二十四歳の鋭敏な若者だった。

竜大夫からの文が来たのは、卯月《うづき》（四月）に入ってからだった。

――江戸潜みは従来どおりにて、変更あれば追って沙汰《さた》する
いま藩は忙しく、江戸潜みの配置換えにまでは手がまわらないのかもしれない。符号文字はさらに、

――新たな式神ども鍛錬に励むも、旅支度の気配なし
告げている。ならば仕掛けてくるのはいつ……、どこで……。不気味だ。

「お江戸から越前までの道中かしら。それとも丹生郡に入ってから?」

「そのどちらも考えられるなあ」

おりよく患者の途絶えた療治部屋で、明かり取りの障子を開けたまま一林斎と冴は話している。万緑の候だ。庭のすべてに緑が茂っている。それをながめる二人の表情には、しばし安堵の色があった。変化は当面ない……。

しかし薬込役が動くのは、突然である。六年前、和歌山での城下潜みから江戸潜みへの沙汰があったとき、

「——発つのは明日じゃ」

六歳の佳奈などは、お伊勢参りかと思ったほどだった。それが江戸へ、見るもの聞くもの食べるもののすべてが珍しく、変化への興味が、なぜ突然の変化なのか……その疑問をはるかに上まわっていた。

だが、こんどはそうはいくまい。しかも、江戸から越前にである。

(なぜ)

訊いても答えない一林斎と冴に疑念を佳奈は持ち、

(霧生院家はいったい……)

思ってはならないことを思い、悩みつづけるであろう。それは一林斎と冴の夫婦

が、最も恐れる事態だ。

「ほらほら、留さん。種を蒔《ま》いたところ、踏んじゃだめ」

「おっ、こいつはいけねえ」

佳奈が留左を差配し、庭の薬草畑の手入れをしている。ときには町内の者が手伝いに来ることもある。霧生院の療治処はその家族とともに、神田須田町にすっかり根を下ろしているのだ。

佳奈は一林斎が鍼の人肌への修錬を始めさせてから、日常のすべてに自信を持ったようだ。

「手裏剣と飛苦無も、かなり上達しております」

冴は言った。

「――薬草採りに出かけたとき、野原や山中ではなにが起こるか分かりませんから」

言い含め、

「――これは決して他人に見せてはなりません。留さんにも、町内のお友達にも」

と、井戸のある裏庭で秘かに伝授している。そこに佳奈は、

(わたし、他とは違うような)

感じ取り、それがまた霧生院家に暮らす秘かな誇りにもなっているようだ。

卯月（四月）もなかばになったころだった。

「源六君がなにやら達観《たつかん》されたようなごようすとか。気味が悪いほどだとヤクシが……」

午前《ひるまえ》、霧生院に下屋敷のようすを伝えに来たロクジュが、着物を尻端折《しりはしょり》にした町人姿で療治部屋に入り、灸のあい間に話した。

「ほう、それは異なこと。いや、好ましいことかな」

と、一林斎は源六の変化をよろこび、艾《もぐさ》の用意をしながら部屋にいた冴も、

「そりゃあもう十四歳なら大人でしょうからねえ」

と、同様によろこび、二人ともこのときは敢えて不思議には思わなかった。

この日、午前中の往診がなく、佳奈は一人で薬草の必要な患家へ届けに行っていた。けっこう時間がかかる。まだ十二歳というのに、届けた先の台所で、

「――量はこのくらいで、湯加減はこのくらいに」

と、刻んだり煎じたり、

「――このあたり、まだ痛みますか」

と、年寄りには指圧までしている。それがよく効く。なにしろ一林斎と冴に訓育さ

れているのだ。

　ときには町内の遊び仲間に誘われ、そのまま飛んだり跳ねたりで、つぎの届け先へ行くのがすっかり遅れたりもする。親たちも、子供たちが連れ立って外で遊んでいるとき、佳奈が混じっておればそれだけで安心できた。ころんで膝《ひざ》を擦りむいてもすぐ手当てしてくれるからだけではない。

　犬だ。野良犬に子供がちょっかいを出し、咬《か》まれるのならまだよい。飛びかかってきたのを棒で打ったりすれば、親子ともども遠島だ。だが、佳奈がおれば、数匹の野良犬に囲まれてもその場はうまく収まりがつけられる。佳奈が外に出るとき、冴がいつも憐み粉を持たせており、その使い方も佳奈は手馴れている。

「ともかくご出立まであと少し。大番頭さまからつぎの下知はありやせんか。アチチ」

　薬込役はむろん士分だが、そのときの衣装に合った言葉遣いをするのも、かれらの術のうちなのだ。

「まだだ。いずれ来よう。そのときはすぐつなぎを取るゆえ、心積もりだけはしておけ」

「へえ、アチッ。ご新造さん。艾、もうすこし小さくしていただけやせんか」

「なにを言っていますか。救われる顔をして、これしきのこと」

福禄寿《ふくろくじゅ》のように額の張ったロクジュと冴のやりとりが隣の待合部屋にも聞こえ、順番を待っている者たちから笑いが起こった。

それよりも一林斎にとって気になるのは、安宮照子の動向、というよりも心情である。

(焦《あせ》りから暴走し、毒を盛ろうなどと考えたりせぬか)

もちろん、上屋敷にあっては腰物奉行の小泉忠介と、中奥と奥御殿のつなぎ役の中間の氷室章助が目を光らせ、下屋敷では役付中間のヤクシが腰元たちの出入りに細心の注意を払っている。

その上屋敷奥御殿のようすも分かった。

ロクジュと前後するように、

「肩がまた凝りやして」

と、印判の伊太が来たのだ。

「どんな具合だ」

「へい」

あとのやりとりは、待合部屋には聞こえなくなった。

「ご簾中さまはまだ……」

十四歳の源六とは対照的に、七十もの年勾配を重ねながらも怒りを収めることができず、上臈の久女がしきりに、

「なだめておいでとのことらしいですぜ」

話すと、応じる一林斎の声はふたたび待合部屋に聞こえるようになった。

「そりゃあ歳のせいで、かえって焦っておいでなのかのう」

「面倒を診《み》ている女中さんも、ご当人と似たようなお歳だから、婆さん同士が二人で、まわりのお人らも気が滅入ることでござんしょうねえ」

いずれ商家の女隠居の話でもしているように聞こえる。

まわりの若い腰元らが忙しいのではなく〝気が滅入る〟とは、

（日々おなじことのくり返しで、変わった動きはない）

とのことである。

だが、あった。

気は焦っても解消の手段がない。土御門家が新たな式神をくり出すにも、まだ月日を要する。

（このままでは、ご簾中さまの精神によろしくない）

久女は思った。安宮照子が紀州徳川家に輿入《こしい》れするとき、伏見宮家から一緒に随《したが》ってきた女官であれば、いわば照子とは一心同体である。

(桜はもう散っている)

ならば、

(澎湃《ほうはい》たる海と潮騒なら、焦るお気持ちをお慰めできようか)

思い立ったのも、忠義の念からである。

佳奈が外から帰って来たのは、午《ひる》をいくらか過ぎた時分だった。

「わーっ、遅くなってしまった。ご飯、ご飯」

空になった薬草篭を小脇に、声も大きく角を急ぎ曲がった。

「わっ」

足をとめた。往還から冠木門の中を覗き込んでいる女がいる。蒼《あお》い矢羽《やばね》模様の着物で、一目でいずれ武家奉公の腰元と分かる。

思わず佳奈は、

「お姉さま」

叫び、走り寄った。

「あれっ、違う」

ハツかマキと間違ったのだ。二人とも久女の配下で幾度か霧生院に来たことがあり、佳奈と話もしている。両名は土御門家の式神で、すでに一林斎らが赤坂から千駄ケ谷に向かう樹間で葬《ほうむ》ったことなど、佳奈は知らない。

「おや、そなた。ここの娘御かえ」

「そ、そうですけど」

「霧生院というは、ここかえ」

「はい。そこ」

佳奈は門柱の小さな木札を指さした。

――鍼灸　産婆　霧生院
腰元はうなずいた。このようすを、冴は玄関から見ていた。午前中の最後の患者が、腰をさすりながら帰ったばかりだ。

(式神にあらず)

判断した。ハツやマキ、さらにカエデやモミジのように訓練された女式神なら、小さな木札といえど見逃すはずはない。

腰元は佳奈と一緒に庭に入ってきた。

「カカさまあ。こちらのお姉さま、赤坂からだって」

その声に、療治部屋にいた一林斎はハッとした。迎えた冴も同様である。だが顔には出さない。武家の女中が霧生院を訪ね〝赤坂から〟と言えば、

(紀州藩上屋敷)

以外は考えられない。

一林斎はすぐさま療治部屋を廊下のほうに出て玄関口へ顔を出した。冴が上にと勧めるのを、腰元は鄭重《ていちょう》に固辞し、

「これは一林斎先生にございますか」

と、三和土《たたき》に立ったまま挨拶《あいさつ》の言葉を述べ、

「奥御殿の上臈さまの遣《つか》いで参りました」

鄭重に頭を下げた。冴は急いで板敷きに端座し、一林斎もそれにつづき、

「承《うけたまわ》りましょう」

聞く姿勢を取った。奥御殿の上臈さま……久女である。

「あす、ご簾中さまご一行が芝浜《しばはま》へ潮干狩りに出かけられます。外出時の侍医としてご同行願いたいとのことでございます」

「承知」

応えたとき、一林斎の心ノ臓は高鳴った。機会到来と言うにはまだ早すぎようか。

だが、それに恵まれる可能性はある。埋め鍼……である。

腰元は玄関口で用件のみを告げるときびすを返し、佳奈が冠木門まで出て見送った。

「おまえさま」

「うむ」

冴が窺《うかが》うように横顔へ視線を向け、一林斎はうなずいた。一度、機会を逃している。六年前だった。神明宮《しんめいぐう》参詣で気血の滞《とどこお》った照子を、近くの青松寺《せいしょうじ》で療治したときだ。打てなかった。病人を助けるための療治であり、しかもこのときはまだ、五郎左衛門からも竜大夫からも下知は出ていなかった。だが、いまは違う。

七

その夜、一林斎も冴も、佳奈が奇妙に思うほど無口になっていた。

一林斎はまだ陽のあるうちに縁側に出て、極細の先端が目を近づけて凝らさないと見えないほどの特番の鍼を幾本も研《と》いだ。研ぎ方も秘伝であり、冴にもできない。

（やがてこれを佳奈にも）

一林斎は思っている。

夜が明けた。間もなく日の出を迎えようか。裏庭の井戸端で水音がする。水を桶に汲む音にしては大きすぎる。

佳奈が驚いて出てみると、

「あれ、トトさま。なにを！」

声を上げた。

寝巻きの上から、水垢離《みずごり》をしていたのだ。

冴はすでに居間に着替えの用意をしている。下帯から羽織まで、すべてが洗濯の行きとどいた清潔なものだった。お命頂戴の細工をする相手はご簾中さまなのだ。

朝餉のあと、佳奈は不機嫌だった。きのう来た腰元の口上は佳奈もそばで聞いていた。早朝の水垢離もそのためと思い、いかに高貴なお人の診察かと期待していたところ、薬籠持はなんと留左で、自分は冴と留守居だった。

できることなら佳奈を連れて行きたい。だが、奥御殿の腰元や警備の武士のなかに、国おもてで由利の顔を知っている者がいないとは限らないのだ。だからこれまでも、上屋敷のある赤坂の近くには決して出していない。

「町内の患者さんは大事だし、近くの町でもいつ赤ちゃんが生まれるか知れないし。

そういうとき、おまえがいなければ困るのです」

冴がなだめているところへ、

「先生よーっ、行きやしょうかいっ」

陽が昇ったばかりだ。玄関から威勢のいい声が入ってきた。

「おう」

一林斎は腰を上げた。鍼はきのうのうちに準備ができている。

「これ」

佳奈は無愛想な表情のまま薬籠を留左に渡し、あとは見送りもしなかった。

留左はきのう一林斎に言われたとおり白足袋に草履《ぞうり》をはき、糊《のり》の利いた着物に角帯《かくおび》をきりりと締めている。遊び人には見えない。

須田町から芝浜へは、神田の大通りを日本橋に出て東海道を南へ芝まで進み、そこから海辺に出る。男の足なら一刻《いっとき》（およそ二時間）もみておけば充分だ。

「へへへ。なんだか申しわけありやせんぜ。佳奈お嬢さま、ふてくされちまって」

「ふむ」

「おっとといいっ。あっしなんざこんなに早い時分に町場へ出るなんざめったにありやせんが、まあなんとも人が出ておりやすねえ」

留左のすぐ横で大八車と荷馬の列がすれ違った。

「うへーっ、この日本橋、朝からこんなにうるせえとは」

橋板に大八車や下駄がけたたましく響いている。

「留よ」

「へえ」

「おまえ、小脇に抱えているのはなんだ」

「薬籠で。それがなにか」

「それがなにかはあるまい。おまえはきょう、遊び人ではない。鍼灸医の薬籠持だぞ。しかも相手はお大名家だ」

「分かってまさあ。着けば言葉も挙措《きよそ》もそれらしく。まわりがお女中衆ばかりじゃ自然にそうなりまさあ。へっへっへ」

と、留左は饒舌《じようぜつ》だった。

「――おそらくまわりは腰元衆ばかりとなるだろう」

きのう一林斎に言われた。それが嬉しくってたまらないらしい。

京橋《きようばし》、新橋《しんばし》と過ぎ、さらに金杉橋《かなすぎ》も過ぎて荷馬に大八車に人の行き交う東海道を芝のあたりで枝道に折れ、海浜に出た。

「おぉう、これは！」

広い。潮騒と潮風に身を包まれ留左が声を上げたのは、まだ太陽が東の空にあり、中天に入るにはかなりの余裕がある時分だった。

貝採りの男や女に子供の姿がまばらに見える。楽しむというより、生活がかかっている風情《ふぜい》だ。

そのかなり向こう、

「おっ、あそこですぜ」

海浜の一角に陣幕が張られている。警備の武士が等間隔に立っているのも見える。照子の一行はすでに入っているようだ。

「行くぞ」

「へえ」

陣幕の周辺に土地の者の姿はない。留左はいくらか気おくれしたか、一林斎のあとにつづいた。無理もない。

「うへー。幕にべたべた付いているの、葵《あおい》の御紋ですぜ」

「だから言ったろう。御三家の一つだと」

「へ、へい」

言いながら砂浜に歩を進めていると、

「なにやつ！　近づいてはならん！」

袴の股立《ももだち》を取り六尺棒を小脇にした武士が数人、ばらばらと走り寄って来た。もちろん腰には大小を差している。

「せ、先生っ」

町場の遊び人も怖気《おじけ》づいたか、一林斎の背に隠れるように足をとめた。

数本の六尺棒が二人に向けられた。

「怪しいものではござらぬ。上臈の久女どのの沙汰により、まかり越した鍼灸医の一林斎と申す者。お取次ぎを願いたい」

「おぉ、さようでござったか。ついて参られい」

一林斎は感心した。さすが久女である。警護の者すべてに下知は徹底しているようだ。

幕の中に入った。

留左は薬籠箱を小脇にきょろきょろしながら一林斎の背後についている。

幕の中はまだ警護の武士ばかりだ。

「うへ。また幕だ」

さらに進んだ。幕は三重だった。その向こうから、女たちのはしゃぐ声が聞こえてくる。

「おい。おまえはここで暫時《ざんじ》待て」

「へ、へい。い、いえ。ははーっ」

留左の前に六尺棒で十の字が組まれた。下は砂だがまばらな草地だ。

中に通された一林斎は、

（ほう）

うなった。腰元ばかりだ。海に向かい、奥に茣蓙《ござ》へ毛氈《もうせん》が敷かれた座で脇息《きょうそく》にもたれかかるように座っている老女が二人、照子と久女だ。その両脇にまた茣蓙だけの座に座っている数人は、中臈あたりかそれに近い役付女中であろう。

それらの背後、幕の隅のほうだ。草地に片膝を立てている武士が一人、その背後に中間が二人、おなじく片膝を立てている。なんと武士は小泉忠介ではないか。背後の中間二人は氷室章助とヤクシだった。二人とも木箱を小脇に抱えている。

照子と久女の前に片膝をついた一林斎と小泉忠介らは瞬時、目を合わせた。

（知らぬ同士、さように）

視線で語り合った。一林斎は解した。お犬さまへの対策に久女が中奥に相談し、光貞が小泉忠介に按配させたのだろう。むろん木箱の中は憐み粉ということになる。この砂地と草地の混じった広い空間に、男はこの三人だけだ。あとは腰元衆が右に左にと立ち動いている。いずれもが嬉々《きき》とし、手に竹の熊手や布袋を持っている。すでに海浜に足をつけている腰元もいる。

「わあっ、冷たい」

「あった。これこれ、はまぐり」

「まあっ、こちらにも」

と、はしゃいでいる声はそこからだ。

照子も久女の思惑どおり、初夏の海浜の白い波に潮風と潮騒を満喫し、若い腰元たちの軽快な動きに目を細めている。

留左からもそれは見える。三重の幕は〝コ〟の字に組まれ、いずれもが海に大きく開いている。

留左は幕と幕のあいだの空間を海辺のほうへ進んだ。

「うひょー」

声を上げ、目を瞠《みは》った。十数人か二十人もいようか。それだけもの武家の腰元を間近に見るのなど初めてだ。しかも着物の裾を脛《すね》までたくし上げ、ふくらはぎもあらわに腰をかがめている。

「留左」

着到の挨拶をすませた一林斎が、中の陣幕から出てきた。

「おっ、先生。見ちゃあおれませんや、あのへっぴり腰。ちょっくらあっしが行って手伝ってきやしょうかい」

「それはできん。海に入れるのは女衆だけのようだ」

「ほっ。そういえばそんなようすで。あの遠くに六尺棒を持って立っているのって、足軽衆のようでやすねえ」

「そういうことだ」

一林斎は不機嫌だった。一番内側の陣幕に入ったとき、

(まずい。この陣容では、鍼の機会は来ぬ)

感じ取ったのだ。

「屋敷に戻るまでなあ、この陣幕から離れぬよう、ゆるりと過ごせ、ということだ」

「へえ、さようで」

留左は海浜に目をやったまま返した。まだ眼前の光景を満喫している。幕と幕のあいだの草地に腰を下ろし、海浜を見ていると、

「侍医どの」

警備の武士が一林斎を呼びに来た。

留左をその場に残し、武士について行くと、内側の幕の背後だった。そこもまた幕と幕のあいだで、二本差しの小泉忠介と中間姿の氷室章助にヤクシが片膝立ちの姿勢で待っていた。周囲には誰もいない。

「予定は午過《ひるす》ぎまでで、街道近くの料亭を半日切りで借りており、そこで暫時休息ののち、屋敷に戻ります。それに雪隠《せっちん》は近くの漁師の家を数軒押さえてありますから、そのときにはどうぞそちらへ」

事務的に言う。

「天候はどうか」

「土地の漁師によれば、いまは晴れておりますが、午前《ひるまえ》には雲が出て風も出るとのこと」

小泉の言葉に一林斎は、

(ほっ、機会はあるかもしれぬ)

あらためて感じ取った。

二人は立ったまま話しているが、氷室章助とヤクシは小泉の背後に片膝立ちのままだ。他の武士が通りかかっても、身辺警護の小泉忠介が医師となにやら打ち合わせでもしているようにしか見えないだろう。実際そうなのだ。小泉らは一林斎の秘めた策を知らない。ただ、状況を話しているだけだ。

一林斎は背後の氷室たちにも聞こえるように、

「きょうの薬籠持は留左でなあ」

言うと氷室が顔を上げ、

「ほう。気をつけませぬと」

四人はうなずきを交わした。小泉も氷室もヤクシも霧生院に行ったおり留左とは顔を合わせ、互いに見知っている。この海浜で会えば、

『あれーっ、あんたら』

と、留左は〝奇遇〟に話しかけてくるだろう。まずい。だが、広い範囲に張られた三重もの陣幕がありがたかった。

(よし。あとは天に祈るのみ)

一林斎は思いながら留左の待つ草地に戻った。なおも潮騒に腰元たちの嬌声《きょうせい》が聞こえてくる。

「先生よう。このまま夜までずーっとですかい」

と、波間にならぶ白いふくらはぎに留左は見飽きたか、もう退屈そうだ。

「いや。午過ぎまでだ」

「ほっ、そうですかい。いえね、空模様がどうやら」

沖のほうに雲が広がってきている。

午近くになった。

空はすっかり雲に覆《おお》われ、風も出てきた。潮干狩りには寒さを感じる。

(うーん。年寄りにはこの天候、ちとまずいぞ)

と、一林斎が差配なら、早々に引き揚げを下知するところだ。陣幕にその気配はない。つごうがよい。

内側の陣幕に新たな嬌声が起こり、風に香ばしいかおりが乗ってきた。料亭からいくつもの七厘が持ち込まれ、腰元たちが採った蛤《はまぐり》をその場で焼きはじめたのだ。塩や醬油《しょうゆ》の用意もある。

警備の武士団や足軽衆はそのままだが、陣幕の内側の嬌声はいよいよ高まった。照子も久女も舌鼓《したつづみ》を打っていることだろう。

腰元が一人、裸足で内側の陣幕から砂地を踏んで出てきた。一林斎にはすでに顔見知りの腰元だ。

「上臈さまから侍医どのにお持ちせよと。ほんと、美味でございます」

焼き蛤を盛った皿を持ってきたのだ。普段にはない解放感と新鮮な蛤のせいか、腰元は満足げな笑顔で愛想もいい。

「ありがてえ」

留左はごくりと唾を呑み込み目を細めたが、一林斎は、

「お女中。ご簾中さまと上臈さまはいかがか。この天候でちと心配じゃが」

「あっ、そういえば日が陰ったようで。気がつきませんでした」

腰元は応えた。貝採りと焼くのに熱中していたようだ。

「ご簾中さまはお座りになったままか。ときには波打ち際まで歩かれたりはしておいでか」

細かく訊いても不思議ではない。訊かれた腰元は、

(ご簾中さまの身を案じてくださっている)

思うだろう。

「ああ。そういえば一度だけ、ゆっくりと波打ち際の近くまで。あとはずっと座ったまま笑顔でわたくしたちを見ておいででございます。あ、そうそう」

「なにか」

「はい。これが美味ゆえ、お吸い物もご所望《しょもう》になり、いま料亭の者が急ぎ用意しております」

「料亭で召し上がるのではなく、ここで？」

「そりゃあもちろんですよ。だからおいしいのではありませぬか。ご簾中さまはそれがお望みなのです。わたくしたちもご相伴《しょうばん》に、うふふふ。あら、わたくし、戻らねば」

腰元は砂地を走って陣幕の向こうへ消えた。

「先生、さきにいただきやすぜ。おっ、うめーっ」

「どれ。うむ」

確かに旨《うま》い。照子が〝吸い物も〟と所望する気持ちが分かる。同時に、

「ふむ」

うなずいた。

「どうです、先生。こんど、佳奈お嬢さまとご新造さまを連れて、へへ。あっしが荷物持ちをしやすぜ」

「よし」

「えっ、さようですかい。じゃあ、きょう帰ったらさっそく話しやしょう」

留左は焼き蛤を頬張りながら言ったが、一林斎がうなずいたのは別のことに対してだった。

風は出ているが、砂を巻き上げるほどではないのがさいわいだった。

太陽は見えなくなっているが、すでに中天を過ぎていよう。

ふたたび陣幕の中がにぎやかになった。蛤の吸い物ができたようだ。陣幕の中は、照子を含め女たちのすべてが時を忘れている。

この間に、小泉忠介の差配で氷室章助とヤクシの出番が二度ほどあった。匂いを嗅《か》ぎつけ、近寄ってきた野良犬を憐み粉で追い払ったのだ。幕の中の者がなんら気がつかないうちに追い払うとは、さすがに薬込役たちだ。この憐み粉があるからこそ、紀州藩徳川家の者は安心して野外でかような催しができるのだ。これがまた奥御殿と政庁が共有する、外に対する藩の唯一の秘密事項でもあるのだ。

そのとき警護の武士が一林斎と留左のところに来てしきりに話しかけ、二人がその場を動かないようにしていたが、小泉の差配であろう。名目は部外者に藩の秘密を見せないようにするためであったろう。それが戦国忍者の胡椒玉《こしょうだま》から一林斎が紀州で考案したものだと知る者は、薬込役以外にはいない。〝憐み粉〟という綱吉将軍の〝生類憐みの令〟を皮肉った名を付けたのも、考案者の霧生院一林斎なのだ。

さきほどの腰元がまた来た。椀を二つ載せた盆を両手で持っている。

「さあ。お代わり、ありますから」

「おぉう、これはまたいい香りじゃ」

「うほーっ。ほんとだ」

留左はさっそく腰元の前で立ったまますすり、声を上げた。腰元も盆を持って立っている。おそらく陣幕の中で腰元たちも裸足で立ったまま、椀をすすっているのだろう。奥御殿で何事にも格式を重んじ、形式ばった毎日の腰元たちにとって、こうした野外での無礼講はたまらないようだ。

「して、お女中」

一林斎も椀を手に、立ったまま言った。

「ご簾中さまはいかがかな。なにぶんお歳にて、ちと心配じゃ。目通りを願いたいので、上臈さまにそうつないでくれぬか」

「はい。承知しました」

陣幕の中へ消えた腰元がふたたび来たのは、それから小半刻《こはんとき》（およそ三十分）ほどを経てからだった。

――目通り許す

であった。

(奇貨居《きかお》くべし)

一林斎は武者震いをした。

八

一林斎は目通りし、一目で分かった。

顔色が悪いのではない。全体が、

(硬い)

血瘀《けつお》の状態になる一歩手前だ。気血の停滞である。

(天佑《てんゆう》)

と、思うのは不謹慎か。太陽がずっと出ていて風もなかったなら、蛤の吸い物は野外ではなく料亭に入って所望していたなら、一林斎にこの機会は来なかったろう。照子は若い腰元たちのはしゃぐ姿に、つい気分だけその気になっていたか。

久女にそっと告げた。

「——帰りのお乗物で、座ったままになられるのは危のうございます。実際に血瘀となり、即時の手当てを間違えれば、お命にも影響が……」

久女は蒼《あお》ざめた。

手当ては、気血の通り道で体中をめぐっている経絡《けいらく》の反応点に灸を据えるのが最も容易にできる。経絡の反応点が、すなわち経穴《つぼ》である。さらに証《しょう》（診立《みた》て）によっては鍼を打って刺激を与え、流れを正常に戻す必要が生じる。

「――予防はできますか」

「――証によります」

久女は一林斎の進言を容れ、照子も自覚症状があるのか応じた。

案の定だった。立ち上がるとき、両脇から若い腰元に引き上げてもらわねばならなかった。女乗物までの数歩も支えられていた。


いま、権門の女乗物が二挺、借り切っていた料亭の玄関前に停まっている。海浜にはまだ陣幕は張られているが、腰元たちは料亭に移動していた。一林斎は留左をともない先に料亭の一室に入っていたため、憐み粉のときと同様、小泉忠介らと顔を合わせることはなかった。

奥の座敷に、一林斎は照子と久女の三人となった。

「灸は時間がかかりまするゆえ、軽い指圧と、応急として数カ所の経穴に鍼を打ちましょう。お屋敷に戻られたなら湯浴《ゆあ》みなどをなされ、お体をほぐされるがよろしいかと」

一林斎の証と療治には、すでに照子も久女も御典医以上に信を置いている。

首筋に、足に、肩に、腕に、指圧を加えた。

「おー、おー」

そのたびに照子は声を上げ、

「心地よいぞえ」

満足げに言う表情が、海浜でなかば引きつっていたときと明らかに異なるのを久女は看《み》て取り、

「さすが一林斎どのよのう」

目を細めた。

一林斎は手を休め、

「さてと」

かたわらの薬籠を取り寄せた。留左は療治の部屋に同席することは許されない。下男として料亭の玄関の三和土《たたき》に、片膝をついて待たされている。五十五万五千石の奥

方が上がっている料亭では、板の間に上がることさえ畏れ多い。だが、不機嫌ではなかった。板の間にも腰元たちがいる。

薬籠を開け、厚い革製で紙入れ状の鍼収《はりおさ》めを取り出した。

開いた。大小の鍼が収まっている。極細の特番の鍼を取った。きのう、丹念に先端を研いだ、あの鍼である。

(うっ)

一林斎自身が不思議に思うほど、躊躇《ちゅうちょ》の念が瞬時脳裡を走った。

(このお方。埋めずとも、先は長くない)

思えたのだ。

大きく息を吸った。

「いかがいたした」

「はい。精神を統一しておったのです」

久女が言ったのへ、一林斎は返した。言ったことで、躊躇の念はほとんど消えた。

久女は得心したようにうなずいた。いかなる鍼を打つにも、精神の統一は必要なのだ。

「参ります」

声に出したのは、躊躇の念を完全に払拭《ふっしょく》するためであった。ためらいの気持ちは、まだあったのだ。それが、途中で大きくならないとは限らない。

打った。

首筋だ。

「ほう。いまのが鍼の感触でおじゃるか。痛《いと》うないぞえ」

「しっ、お口をおきき召されるな。手元が狂いまする」

「うむ」

かすかに照子はうなずいた。

（あっ）

一林斎は胸中に叫んだ。

指先に伝わる、かすかな感触で分かる。

特番の尖端が折れたのだ。

抜いた。

果たして、折れていた。まず一本、埋めたことになる。その一本が、心ノ臓に達するかもしれない。

「ほう。痛うはおじゃりませぬか。さすがは一林斎どの」

「はっ。ありがたきお言葉」

久女の言葉に返した。

鍼収めからさらに二本、三本……と。

躊躇の念が消えているのを、一林斎は感じた。

首筋から肩、腰、脛《すね》へと、いずれも、一林斎にしかなし得ない、微妙な指のひねり方をつづけていった。総計、二十鍼は超えていようか。

もちろん経穴に打っているのだから、気血の流れをよくする効果は覿面《てきめん》に出ている。

すべてを終えたとき、

「おぉお、ご簾中さま！」

久女が感嘆の声を上げたほど、起き上がるとき他人《ひと》の支えを必要とせず、さらに一息入れてから立ち上がり、また玄関で板の間から三和土に下りるときも、腰元はただ手を差しのべただけで、支える必要はなかった。これには腰元たちも驚き、一林斎と留左に焼き蛤と吸い物を持ってきた腰元が、三和土の隅に控えている留左に、

「さすが上臈さまが目をかけておいでの侍医どのじゃ」

言ったものだった。

女乗物二挺を擁した行列が料亭の玄関前から、

「おたーちー」

腰元の声とともに動きはじめた。

一林斎と留左は、女将《おかみ》や仲居らとともに、その殿《しんがり》をおもてに出て見送った。このときも、お犬さま備《そな》えの小泉忠介と氷室章助、ヤクシは行列の先触《さきぶれ》の位置を進み、留左と顔を合わせることはなかった。


一林斎と留左が神田須田町に戻ったのは、雲が垂れ込めていなかったなら、まだ西の空にさほど低くなっていない太陽に照らされている時分だった。

大名家の陣幕に入るなど、留左には初めてのことだ。帰ってからも興奮は覚めやらなかった。

一林斎の口から、埋め鍼の話が出たのはその夜、佳奈が寝入ってからだった。それも冴のほうから、

「おまえさま。首尾は？」

訊くまで、一林斎の口から出ることはなかった。

部屋には淡い行灯の炎が揺らいでいる。

「埋めた……なれど」

「なれど?」

「肌に弾力もなければ筋肉にも活動を感じぬお人じゃった」

「お歳ゆえ」

「さよう。効くのは遅いぞ。一年後か、いや、三年後になろうか」

「よいではありませぬか。埋めることに意義があるのです。由利さまを殺し、飽くことなく源六君のお命を狙い、ゆえに佳奈までもが……」

「うむ」

一林斎は自分自身にうなずき、行灯の灯りを吹き消した。

# 二　道中大変

一

安宮照子の体内に特番の鍼を埋《うず》めて以来、心が落ち着かない。

もちろん、その日のうちに和歌山城下の薬込役組屋敷に、

——埋めたり
飛脚を立てた。城代家老の加納五郎左衛門はもとより、和歌山にいるか京に出張《でば》っているか分からない児島竜大夫にも、すぐさま文《ふみ》は届くだろう。このことは光貞には極秘で、一林斎と竜大夫、五郎左衛門、それに冴の四人しか知らない。

つぎの下知を待つ。落ち着かないのはそれだけではない。

（心ノ臓まで幾年かかるか分からない）

それにも増して、源六のお国入りの日が刻々と迫っているのだ。

「おまえさま、落ち着きなされ。せめて一日、なにもかも忘れましょう」

冴が言ったのへ、

「そうするか」

「わっ、ほんとう！」

一林斎が応えると、佳奈は意味の分からないまま飛び上がってよろこんだ。

芝浜から帰った日、

「――佳奈ちゃん、きょうはよう」

留左が待ちかねたように言っていたのだ。

蛤《はまぐり》がいっぱい……潮干狩りだ。


日の出とともに、大はしゃぎする佳奈を先頭に出かけたのはその翌日、照子に鍼を埋めてより五日目のことだった。冠木門を閉じ、留守は向かいの大盛屋《おおもり》に頼んだ。

「おや、こんなに朝早く。家族そろってお出かけとは珍しい」

大盛屋のおかみさんが目を丸くしていた。思えば霧生院の〝家族〟が薬草採りではなく、行楽が目的で丸一日遠出をするのは江戸に潜んでより六年、初めてのことだ。

おかみさんは外まで出てきて見送った。佳奈が先頭ではしゃぎ、荷物持ちの留左もならんでいる。そのうしろに一林斎と冴がつづいた。

こうしたときも、一林斎はいつもの軽衫に筒袖のいで立ちに苦無を忘れず、冴のふところには小型の苦無が、すなわち飛苦無が幾本か入っている。

その日は朝から晴れ、五日前に一林斎だけにつごうがよかったように、途中から曇る気配はなさそうだった。

一林斎もこの日を堪能しようと、紀州家御一行のように大きな料亭ではないが、海辺に近い茶店に一部屋を半日切りで借りた。

だが、一林斎と冴には懸念があった。それは当たった。

ひとまず茶店にくつろぎ、潮騒を聞いたとき、

「わっ、波の音。なつかしい！」

佳奈は紀州の海辺を思い出した。紀州を想えばつぎに思い出すのは〝源六の兄《あん》ちゃん〟である。

だが、懸念はすぐに吹き飛んだ。

「さあ、佳奈ちゃん。その先がもう海ですぜ」

「そんなの分かってる、分かっている。トトさま、カカさま。早う、早う」

海辺に駈け、あとはもう着物の裾《すそ》を脛《すね》までたくし上げ、貝採りに熱中した。太陽が中天にさしかかれば、留左が茶店から炭火の入った七厘を借りてきて焼き蛤だ。思い出の海辺より、現在《いま》の海辺を満喫するのに精一杯だった。

だが、陽の落ちる前に帰り、冴が蛤の吸い物を夕餉に出したとき、

「兄《あん》ちゃん、どうしているだろうねえ」

「おっ、佳奈ちゃん。兄ちゃん、いたのかい」

ぽつりと言ったのへ、夕餉に相伴《しょうばん》した留左が箸をとめた。

「小さいころの遊び仲間だ。それよりも佳奈、どうする。きょうは疲れただろう。鍼の練習、休みにするか」

「ううん、だめよ。するする」

一林斎が話題を変えたのへ、佳奈は応え吸い物をすするのを速めた。

事態が動きだしたのは、さらに五日ほどを経てからだった。卯月《うづき》（四月）はすでに半《なか》ばを過ぎている。

大番頭の児島竜大夫から下知があったのだ。いつになく長文だった。

さらに前後するように、

「先生よう、また肩が痛うて」
と、イダテンが霧生院の冠木門に駈け込み、
「小泉忠介どのが火急に会いたい、と」
灸のあい間に言った。
「儂《わし》もじゃ。明日、午《うま》の刻《こく》（正午）。いつもの割烹《かっぽう》で」
一林斎の返事を、イダテンはその足で千駄ケ谷のロクジュに伝えた。日本橋北詰の割烹で、また頼母子講の集まりである。
翌日、刻限には江戸潜みの全員がそろった。
組頭《くみがしら》の霧生院一林斎、
光貞の腰物奉行で小頭《こがしら》の小泉忠介、
上屋敷中間《ちゅうげん》の氷室章助、
千駄ケ谷の下屋敷役付中間のヤクシ、
千駄ケ谷の町場に潜む際物師のロクジュ、
赤坂の町場に潜む印判師のイダテン、
の六名である。医者姿に武士、中間に町人姿と、頼母子講ならではの顔ぶれだ。
「いずれにも、式神と思われる影はありませなんだ」

イダテンの報告で鳩首《きゆうしゆ》は始まった。

「まず、小泉。そなたの話から聞こう。火急とはいかなることかのう」

「はい。源六君のご出立が、今月二十五日と決まりました」

「おぉぉ」

あと十日もない。座に押し殺した声が上がった。丹生郡葛野藩《にうぐんかずらのはん》三万石の藩士となる五十名が行列を組むという。三万石の大名にしては小ぢんまりとした行列だが、途中で和歌山からの藩士が五十名ほど合流し、

「お国入りには百名の行列が組まれるとのこと。国おもてからはすでに五十名が葛野に入っており、家族のかたがたは一月《ひとつき》ほど遅れるそうな」

「ふむ。それで大番頭さまの下知と辻褄《つじつま》が合う」

「えっ。大番頭さまはいかに」

問いはイダテンだった。

符号文字の冒頭には、

――埋め鍼の件、重畳《ちようじよう》なり。ご家老もご安堵の由《よし》
だがこのことは、いかに薬込役で潜みの仲間たちといえど話すことはできない。

「江戸からの行列には、さらに陸尺《ろくしやく》（駕籠《かご》舁き）を入れて十人ばかりが加わる。そ

の駕籠にお乗りは城代家老の加納五郎左衛門さまじゃ。すでに江戸へ向け、小田原《おだわら》を過ぎておられようか。陸尺も中間も供侍《ともざむらい》も、すべてわれらの仲間じゃ」

「えっ、ご家老が！　しかも、お供は十人とも薬込役？」

「さよう」

イダテンの問いに一林斎は応えた。

「つまり、式神どもが動きだしたと？」

「それも、かなり危険な？」

ロクジュが言ったのへ、ヤクシがつないだ。

――女式神二名が土御門家屋敷より消ゆ。江戸への物見《ものみ》か刺客かは不明。江戸にて見つけしだい抹殺すべし。ただし一林斎とイダテン、ロクジュ以外の者、断じて持場を離れる勿《なか》れ
城代家老の江戸入りとともに、符号文字は記していた。もちろん、女式神二人の風貌も記している。いずれも細身で、これまでの女式神たちを彷彿《ほうふつ》させる容貌だ。

それはともかく、竜大夫の意思は分かる。小泉忠介、氷室章助、ヤクシの三人が源六の出立に連動して日常と異なった動きを示し、奥御殿の者に疑念を持たせるようなことがあってはならないのだ。

これまでの攻防戦から、わずか二名のくノ一で源六の暗殺などできないことは、土御門家は解しているだろう。

「二人は物見で、敵は数をそろえ、道中に仕掛ける算段と思われる」

一林斎が言ったのへ、この場の全員がうなずいた。竜大夫もそう読んだのだろう。符号文字は下知していた。

――いずれの街道を経るも、第一宿駅よりわれらが責を負う
東海道か中山道《なかせんどう》か、あるいは甲州街道《こうしゅうかいどう》か……決まりしだい、江戸よりの第一宿駅まで竜大夫みずからが配下を引き連れて出張り、道中潜みをするというのだ。東海道なら品川宿《しながわしゅく》、中山道なら板橋宿《いたばししゅく》、甲州街道なら下高井戸宿《しもたかいどしゅく》となる。

――決定いたさば、イダテンこれを京に知らせよ
京のつなぎの場は分かる。イダテンが駈け込みしだい、竜大夫は動くのだろう。当然、土御門家も物見の知らせを受けると同時に、その道中へ式神をくり出す算段のはずだ。城代家老である五郎左衛門が再度江戸入りするのは、それら式神に備えてのものであろう。竜大夫が来るならともかく、城代家老のお供の者がすべて薬込役であるなど、照子も久女も想像すらしないだろう。

鳩首は終わり、座の緊張はいくらかやわらいだ。

「それにしても組頭。そのあとの下知はどうなりやしょうかねえ」

ロクジュが町人言葉で訊いた。気になるところだ。藩邸内の三人はともかく、藩邸外に潜む一林斎、ロクジュ、イダテンの三人は、これから整備されるであろう丹生郡葛野藩への潜みを下知されるかも知れない。

「うーん」

一林斎は唸《うな》る以外にない。薬込役の潜みである以上、こればかりはみずから判断できる範囲外なのだ。

二

また霧生院の冠木門を飛脚がくぐったのは、日本橋北詰の割烹《かっぽう》で江戸潜みの薬込役たちが鳩首した翌日午《ひる》ごろだった。

「はて？」

飛脚は小田原からだと言い、封書の折り方も薬込役のものとは異なる。封を切った。符号文字ではない。

加納五郎左衛門からだった。

――明け六ツ、品川宿本陣へ

五郎左衛門の直筆で、指定の日付を見れば、あしたである。ということは、今宵《こよい》一行は品川宿に泊まり、明日午前に藩邸へ入る算段のようだ。その前に、五郎左衛門は一林斎を呼んでいる。

一夜が明け、佳奈が起きたとき、

「あれれ、カカさま。トトさまがおりませぬ」

「夜明け前にね、急な病の人がいて、門を叩《たた》いたものですから」

「わっ、すごい」

佳奈はそのような一林斎を、町の者に自慢したい思いになり、

「わたしも起こしてくれれば、薬籠持《やくろうもち》で一緒に行ったのに」

と、ちょっぴり不満そうな顔になった。

そのころ、すでに一林斎は品川宿に入っていた。日の出の明け六ツ時分だ。

宿場町はすでに動いている。どの旅籠《はたご》も玄関には、昨夜は品川に泊まりきょう江戸入りしようとするのであろう、つぎつぎと出てくる旅人たちを女中たちが見送り、夜明け前に江戸府内を発った者はそれら旅籠の前を素通りしていく。

本陣の前にもすでに人は出ていたが、大名行列は入っていないらしく、混雑してい

るほどではなかった。訪《おとな》いを入れるまでもなく、中から、

「お待ちしておりましたぞ。さ、中へ」

玄関口で待っていたのは、見知っている薬込役だった。

「うむ」

一林斎はうなずき、部屋に上がった。

一同はすでに朝の膳を前にしていた。五郎左衛門を上座に、左右に武士姿の者が居ながれている。上座へ向かい合うように、一林斎の膳も用意されていた。さすがに陸尺に扮している者は、部屋にはいない。同席させれば本陣の奉公人が奇妙に思うだろう。薬込役ばかりであっても、外に対しては日本橋での〝頼母子講〟と違い、武家主従の形をとらねばならない。一林斎の来訪には、江戸入りにそなえ知《し》る辺《べ》の医者を呼んだまでと、本陣のあるじには話している。

部屋に居ならぶ面々は六年ぶりか、いずれも懐かしい顔ばかりだった。だが、互いに無言のうなずきを交わし、相互の息災を確認しあうだけだった。

鳩首は短かった。五郎左衛門は児島竜大夫の下知が江戸潜みの者に徹底しているかどうかを確認し、一林斎は行列警護の陣容を確認した。竜大夫らが道中潜みで行列のさきざきで周辺を見張れば、警護はこの上ないものとなるだろう。一林斎の得た安堵

感は大きかった。

もう一つ、用件があった。

「頼方さまはすでに丹生郡葛野藩の当主であらせられる。紀州徳川家の支藩とはいえ、一国のあるじゆえのう」

五郎左衛門は言った。道中の策定を、源六の判断に任せるというのだ。

「これも、すでに前髪を下ろし元服なさった頼方さまに、一国のあるじとしての自覚を持ってもらうためじゃ」

「なるほど」

一林斎は得心した。

だが、

「よって、道中がいつ定まるか。直前まで決まらぬかも知れぬ。決まってからイダテンが京へ知らせに走ることになろうが、それでは竜大夫らが第一宿駅まで出張って行列を待つ余裕がなくなるやも知れぬ。そのときはそなたとロクジュとで道中潜みをやってもらわねばならぬ」

「そうしてくだされば、行列に加わって警護するわれらも心強い、霧生院どの」

「承知」

随行の組頭格の者が五郎左衛門の言葉につづけたのへ、一林斎は返した。それは下知であり、従う以外にない。

組頭格の者が玄関まで見送りに出て、そっと言った。

「女式神が気になります。われらの道中を尾《つ》けているようすはなく、すでに江戸へ入っているやも知れませぬ」

「心しておこう」

一林斎は返し、玄関を出た。このあとすぐ、五郎左衛門の一行は一林斎を追うように江戸府内に入り、赤坂御門外の上屋敷に入ることだろう。距離からすれば、一林斎が神田須田町に入ったころ、権門駕籠の一行は赤坂へ着くことになろうか。


城代家老が江戸藩邸に入ってから二日が過ぎ、三日目も過ぎようとしている。

音沙汰がない。赤坂のイダテンも来なければ、千駄ケ谷のロクジュも来ない。ということは、

「女式神がまだ、奥御殿にも下屋敷にも近づいていないということでしょう。かえっていいではありませんか」

冴は言うが、一林斎の気が焦《あせ》るのは、道中が定まったとのつなぎがないことだ。二

十五日まで、あと五日しかない。きょうイダテンが走ったとしても、竜大夫らが江戸近くまで出張って来るには十日はかかる。途中で出会うとしても、二日か三日は一林斎とロクジュが道中潜みをしなければならない。行き先を秘匿し、

（佳奈がまたふてくされ、〝父上〟などと称《よ》んで溝をつくったりはしないか）

それも一林斎には気になる。佳奈を護るため霧生院家は夫婦に娘一人の、仲睦まじい〝三人家族〟であらねばならないのだ。

その日のうちだった。あらぬところから道中が決まった。

夕刻近くだった。最後の患者が帰ったのと入れ代わるように、町人姿で尻端折のロクジュが霧生院の冠木門に駈け込んだ。

療治部屋で話した。冴は台所に入り、佳奈も冴に言われ台所を手伝っている。療治部屋に一林斎はロクジュと二人になり、待合部屋にも人はいない。

「きょう、ご家老が出立の日の段取りのため、下屋敷へ参られました」

「ほう。それで？」

一林斎は膝を前に進めた。

いずれの街道を経るかも、そこで決められるはずだ。だが、その話が出る前に、

「――上屋敷に移って、そこから出立？　なぜじゃ。ここがわしの屋敷じゃ。行列を

組むというのなら、ここからじゃ。わしはもう、上屋敷などへは行かぬぞ」

十四歳の源六が声を荒らげたという。

「わっはっは。源六君らしいわい」

一林斎は笑った。源六にとっては、江戸での最後の駄々というか抗《あらが》いであり、

（――わしはよろこんで行くのではないぞ）

との意思表示だったのだ。

「で、ご家老はいかに？」

「へえ。それがまた……ははは」

ロクジュも笑いながら言った。

「――勝手になさいませ」

五郎左衛門は言ったという。この時点で、街道は甲州街道と決まった。甲州街道は江戸府内の四ツ谷《よつや》を通り、千駄ケ谷からは一番近い街道だ。

「それに、ご家老は上屋敷に戻られ……」

ロクジュはつなぎのためあとをついて行き、イダテンの長屋に待機したという。

小泉忠介の遣いで、中間姿の氷室章助が長屋に来た。

「――ご家老は光貞公と鳩首され、出立は二十五日ではなく〝今月中に〟と余裕を持

たされたぞ。時を稼ぎなされたようだ」

氷室はロクジュとイダテンに言った。

「よし、分かった。で、イダテンはもう発ったろうなあ」

「むろん。いまごろは品川を抜け、今宵は川崎宿《かわさきしゅく》あたりかと」

「よし、それでよい。奥御殿にこのことは？」

「光貞公も小泉どのも、藩邸内では極秘とされておいでのようですが、葛野藩士になったのが旅支度で五十人も、それにご家老の一行も一緒に千駄ケ谷の下屋敷に移動したなら……」

「あはは。当然分かるだろうなあ。よし、ロクジュよ」

「へえ」

「日取りが決まれば、おまえも旅支度でここへ知らせよ。それにもう一つ、女式神の動向はまだつかめぬか」

「一向に。もし奥御殿とつなぎを取っているとしても、出立の日を感知するのはせいぜい一日前で、それにどの街道を経るかは、行列が動き出してからでないと分かりますまい、とご家老も小泉どのもそう判断を」

「ふむ、もっともな判断だ。そのときは女式神め、きっと姿を現わすだろう」

「へいっ」

イダテンは返した。その日に二人は周辺を探り、女式神を見つけしだい斃《たお》さねばならない。女二人といえどくノ一だ。油断はならない。討ち洩らせば京に道程がばれ、土御門家が甲州街道のいずれかに待伏せることになるだろう。

その日の夜、また佳奈が寝入ってから、

「おまえさま。いまからでも大番頭の一群は下高井戸宿に間に合いますまい。土御門家が街道を知るのはさらに遅れましょう。わたしが父上なら、街道の随所で出張ってくる式神を待伏せ、各個撃破の策を取るのですが」

「ふふふ、冴よ。儂もいまそれを考えておった。だが物見の女式神を斃せば、土御門の待機組どもはつなぎのないまま京で待ちくたびれ、受ける知らせは源六君の行列が越前に入ってからということになろう。きっと斃してやる」

「なれどおまえさま。討ち洩らしても深追いなどなさらず、大番頭の一行と出会えば策のとおり、あとは任せてすぐ帰って来てくださいましよ」

「分かっておる。潮干狩りと違《ちご》うて、佳奈は連れて行けぬゆえなあ」

「トトさま、カカさま」

芝浜の夢を見ているのか。夜具の中で佳奈が寝返りを打った。

三

「あしたの朝早く出立です」

町人姿のロクジュが霧生院の冠木門に駈け込んだのは、あと二日で皐月《さつき》（五月）になるという日の午時《ひる》分だった。一林斎は療治部屋で胃痛の婆さんに打っていた鍼を冴と交替し、庭に面した縁側に出た。佳奈は台所に入っている。

低声《こごえ》で話した。

「行列の駕籠はご家老とで二挺、日の出の明け六ツに上屋敷を出て下屋敷にまわり、源六君を乗せて四ツ谷大木戸に向かうとのこと」

「して、怪しげなくノ一は」

「へい。いやした、二人。きのう下屋敷から憐み粉を持って来たヤクシが、奥御殿の庭で町娘が二人、庭先で縁側に出た久女どのとなにやら話しているのを見かけたとのことで、身のこなしは、へへ。カエデやモミジに似ていた、と」

「小泉はなんと申していた。街道は知られていないか」

「知っているのはご家老と行列潜みの仲間たちのみで、下屋敷で源六君を乗せることは家臣団に話してありやすが、街道の儀は洩れていやせん」

「よし」

一林斎はうなずいた。女式神二人に、あすの出立は伝わっているはずだ。赤坂から行列に尾き、四ツ谷大木戸に向かい甲州街道に入るのを慥《しか》と確認してから、京に走るか早飛脚を立てるかいずれかの措置をとるだろう。

「おまえは千駄ケ谷からくノ一を尾けよ。儂は今夜のうちに下高井戸宿に入って万一の場合に備える。やつらが下高井戸へ入る前に早《はや》を立てたなら、おまえがそれを追って書状を奪え。それらつなぎの旅籠《はたご》は……」

「へへ。角屋《かど》でござんしょう」

「そうだ」

二人は笑みを交わした。

一林斎もロクジュも、下高井戸宿には土地勘がある。京より出張って来た雲水《うんすい》姿と巫女《みこ》に神職姿の式神たちを待ち構えたのが、角屋なのだ。一年前だが女将や女中たちに利かせた鼻薬はまだ効いていようか。町場の通りの中ほどで、二階のある旅籠だ。

「さあ、処方はいま話したとおりじゃ。それさえ守れば大丈夫じゃて」

不意の一林斎の大きな声に、

「へい。さようにいたしやす」

ロクジュもおなじ元気な声で返し、縁側で腰を上げた。

「あんれ。いいねえ、若い人は。処方を聞くだけで治せるなんて」

「うふふ。お婆さんも、日ごろの養生さえ心がけておれば安心ですよう」

療治部屋で胃痛の婆さんが言うのへ、冴が応えていた。その婆さんが帰ると、

「さあ。佳奈、来い。鍼の練習をするぞ」

「えっ、いまから!」

一林斎が佳奈を療治部屋に呼んだのは、陽が西の空にかたむきかけたころだった。

勇んで入ってきた佳奈に、

「よし。きょうは儂の肩井《けんせい》に打て」

「わっ、トトさまに! 肩こりを治す経穴《つぼ》ですね、肩井は」

「そうじゃ。やってみよ」

一林斎が筒袖の襟《えり》を広げ、肩を出したときだった。

「わっ。またあのときの」

開け放した障子から、佳奈は庭に目を移した。冠木門を矢羽模様の着物の女が入ってきたのだ。潮干狩りへの随行を伝えに来た、紀州家奥御殿の腰元である。芝浜では

一林斎と留左に焼き蛤と吸い物を運んできた。庭からも療治部屋の中が見える。腰元は玄関に向かわず、

「あらら、お嬢さん。きょうは父上を診ておいでか」

愛想よく縁側のほうへ歩み寄ってきた。

一林斎は襟をもとに戻し、

「これはまた。なに用でござろう」

落ち着いたようすで縁側に出た。だが内心は、

(ご簾中さま急死？　そんなはずはない)

それに、腰元の表情は明るい。

奥から冴も出てきて、

「佳奈、お茶の用意を」

「いえ。わたくし、用件のみにて帰りますから」

「さあ、佳奈。早う」

「はい」

腰元は言ったが冴は佳奈を台所へ急がせた。

「承《うけたまわ》ろう」

一林斎は縁側に胡坐居《あぐらい》になり、冴は端座の姿勢をとった。

「はい。ご簾中さまには明日、湯島《ゆしま》天神へご参詣《さんけい》になります。上屋敷を日の出の明け六ツに出ますゆえ、頃をみてこの近くで待ち、同道されたいとのことでございます」

（げっ）

一林斎は胸中に声を上げた。冴も同様である。が、二人とも表情にあらわしたりはしない。

『いや、あすはつごうが悪く』

など言えない。源六が越前に出立する日ではないか。断われば不審を招く。

「承知」

言うほかはなかった。潮干狩りのときのこともあり、すこしの外出でも照子本人も久女も心配なのだろう。

赤坂から湯島天神は、外濠《そとぼり》城内を抜け神田御門を出て神田川の昌平橋《しょうへいばし》を渡り、対岸の昌平坂を上ればすぐだ。その神田御門から昌平橋のあいだに神田須田町があり、だから腰元は〝近くで待ち〟と言ったのだ。

「前にもござったなあ、湯島天神へのご参詣は。で、こたびも戸隠《とがくし》のお堂に参られますのか」

「さように聞いております。遅うなるといけませぬゆえ、これにて」

腰元はきびすを返した。ほんとうに用件だけだった。いまなら女の足でも外濠城内を抜け、陽のあるうちに赤坂御門外へ戻れるだろう。

その背が冠木門の外に見えなくなると、

「うーむ」

一林斎は唸り、

「なんともご簾中は幼稚な、見え透いたことを」

「でも、笑ってはおられませぬ」

「そうじゃ。そのとおりじゃ」

一林斎は深刻な顔になった。

前に安宮照子が湯島天神に参詣し、本堂の裏手にある戸隠のお堂の参拝が目的だったと知ったとき、戦慄《せんりつ》を覚えたものである。戸隠のお堂は、天岩戸《あまのいわと》を力ずくで開けた天之手力雄命《あまのたぢからおのみこと》が祀《まつ》られ、だから戸隠という名がついている。そこにお参りをする。

(力ずくでも、目的を遂げようぞ)

秘かな意思表示なのだ。それだけではない。あしたは源六の出立の日だ。その日のおなじ時刻に照子の女乗物の一行が屋敷を出る。

(挨拶《あいさつ》にも来ぬ〝賤《いや》しき者〟など、見送りはせぬぞえ)

その意思表示でもある。そこを一林斎は〝幼稚な見え透いたこと〟と言ったのだ。

しかし、困った。

「おまえさま。下高井戸へはわたしが。きょう、いまから」

仕方がない。方途はそれしかない。

「あれ、さっきのお姉さま、もうお帰りか」

佳奈が湯飲みを載せた盆を両手に、奥から出てきた。

「急ぎのようすでのう。おかげで儂もカカさまも用事ができてしもうた。そうだ、佳奈。留さんの長屋にちょいと行って呼んできてくれ」

「えぇえ! いったいなんなの?」

佳奈は首をひねりながら盆をその場に置き、縁側から自分の庭下駄をつっかけ、音を立てて冠木門を走り出た。

「おまえさま」

「こうなってしもうた。ともかくあした一日、切り抜けねばならぬ」

二人は深刻な表情になった。

留左の長屋は近い。

「へい、なんでしょう。また潮干狩りですかい」

と、すぐに来た。

「あれれ、カカさま。そのお姿は？」

「えっ、旅？」

庭に駈け込むなり佳奈は目を丸くし、留左も驚いた。冴はすでに手甲脚絆《てっこうきゃはん》をつけ、笠と杖を手にしている。肩にかけた小型の薬草籠に鍼収めを入れているほか、腰に巻いた打飼袋《うちがいぶくろ》には憐み粉はむろん、安楽膏と飛苦無が数本入っている。

「ほれ、佳奈。さっき武家のお女中が来ただろう」

縁側で一林斎が話した。腰元の知る辺《しるべ》がきょうあすにも出産をひかえ、

「下高井戸じゃ。すぐ来てくれと」

「えっ。わたしも行く」

「だめ、急ぎだから。順調に生まれれば、あしたにも帰ってきますから。それにトトさまは……」

「あした夜明けとともに、さっきのお女中の女あるじのお供をしなければならなくなってなあ」

「おっ。この前のようにですかい」

「あんなに大勢ではないが、湯島天神だ。午前中には帰ってくる」

「分っかりやした。それまで佳奈ちゃんとここで留守居ってことでやすね」

産婆の仕事は方便だが、行く先もお供の件もすべて正直に話している。

「それではわたしは」

冴は縁側から足を下ろし、草鞋の紐をきつく結んだ。

「カカさま、気をつけて」

佳奈も一林斎も留左も冠木門の外まで出て見送った。

これからだと下高井戸に着くころには、もうすっかり暗くなっているだろう。街道の人通りは絶え、もしも女の一人旅とあなどり、悪戯《わるさ》を仕掛ける不心得者がいたとすれば、その者こそ不運といわねばならないだろう。とっさの用意に、帯には見えぬように手裏剣が幾本か挟まれており、打飼袋にも入っているのだ。

「さあて、佳奈。あした午前中は、おまえが療治部屋で薬湯を煎じてもよいぞ」

「わっ。ほんとう！」

一人前に扱われたことに佳奈は声を上げ、

「ならば鍼は！」

「だめだ」

一林斎は言い、

「さあ。やってみろ」

ふたたび軽衫の襟をゆるめた一林斎に、佳奈はあらためて鍼の用意にかかった。

「おっ、佳奈ちゃん。先生に試し打ちですかい」

「そのうち留さんにも」

「おっと、くわばら、くわばら。ご免こうむりやすぜ」

「んもう、留さんたら」

言いながら佳奈は鍼を手にした。

「痛い！　やり直しだ。経穴をはずしたぞ」

「はい」

佳奈は再度鍼を構えた。留左は自分が打たれるような厳《いかめ》しい顔つきで、脇から見ている。陽が落ちるにはまだいくらか間があるようだ。

一林斎の表情も険《けわ》しかった。佳奈の実験台になっているからではない。今宵から下高井戸に出張るのが冴になったことを、ロクジュに伝える手段がない。たとえ使い走りであっても、留左に薬込役の仕事を手伝わせることはできない。

源六の出立とおなじ時刻に安宮照子が湯島天神へ参詣に出かけるのは、五郎左衛門にも伝わっており、小泉忠介も氷室章助も知っていよう。あるいは以前のように、小泉と氷室は照子に随行するかもしれない。

（そこから気づき、なんとかロクジュに知らせてくれい）

佳奈に鍼を打たれながら一林斎は念じた。

「うっ、痛い。力が入りすぎているぞ」

「はい。トトさま」

「ひーっ」

見物している留左が、痛そうに声を上げた。

## 四

昨夜帰った留左が、

「どうでえ、寝坊しなかったぜ」

と、佳奈が開けたばかりの冠木門に飛び込んだのは、ちょうど日の出の明け六ツだった。一林斎は台所で火打ち石を叩き、火を熾《おこ》していた。

赤坂の上屋敷では、千駄ケ谷に向かう行列と安宮照子の一行が前後して正面門を出ているところだろう。

女乗物の一行が外濠城内を抜け、神田御門を出て須田町の近くまで来るにはまだ間があり、ゆっくり腹ごしらえをする余裕はある。

その時が来た。

佳奈と留左は外まで出て薬籠箱を小脇にかかえた一林斎を見送った。朝の早い年寄りの患者なら、もうそろそろ来る時分である。

一林斎はすぐ須田町の近くで女乗物の一行と出会った。四枚肩《しまいかた》の女乗物は照子と久女の二挺で、お供は腰元が四人、警備の武士が六人、挟箱持《はさみばこもち》の中間が三人に、手ぶらの中間が一人だった。武士の中に小泉忠介はいなかったが、手ぶらの中間は氷室章助だった。お犬さま対策だ。ふところには憐み粉が入っているはずだ。

あとにつづき、湯島天神の境内の茶店で片膝をつき、目通りした。

「あの節は世話になった。きょうもご苦労じゃ」

「よしなにな」

と、照子と久女から声をかけられた。

二人が神職に案内され、本堂裏手の戸隠のお堂に参詣しているあいだ、一行と離れ氷室と話す機会を得た。氷室は言った。

「やはり冴さまが出向かれましたか。われらもさように思い、小泉どのがそうあるかもしれぬと、ロクジュに伝わる手筈はとっております」

さらに言った。

「母屋の玄関で、ご簾中さまが先に門を出ると強く申され、ご家老の行列はしばし庭で待たされましてなあ」

と、これには一林斎も苦笑した。おそらく五郎左衛門や小泉忠介もそうであったことだろう。

湯島天神から帰ったのは、予定どおり午《ひる》すこし前だった。短い道中では血瘀《けつお》は来《きた》さず、乗物を停め証《しょう》を立てる必要もなかった。

「わっ、トトさま。お帰りじゃ」

佳奈が庭まで走り出てきて、

「わたし、二人に薬湯を煎じ、お婆さん一人に灸を据えてさし上げました」

誇らしげに言う。昼時分のせいもあろうが、待合部屋にも療治部屋にも患者はいなかった。やはり十二歳の娘では頼りないか、来ただけで帰った患者もいるようだ。

「へへ、三人ほど」

留左が話した。名を聞けば、やはり佳奈の手には負えない患者たちだった。一林斎と冴がそろっていないからと怒る患者はいない。

「――おや、佳奈ちゃん一人かね。早うトトさまやカカさまの跡を継げるお医者になってくだされや」

いずれもが佳奈の留守居に感心して言う。それらは決まってつけ加えた。

「――この町のためにもなあ」

佳奈にはそれがことさら嬉しかった。

中食《ちゆうじき》は向かいの大盛屋に入った。

「おやあ。留さんも一緒かね。療治処の下男ぶりもすっかり板についたねえ」

「下男じゃねえぜ。手伝いだって言ってるだろうが」

言われた留左は内心うれしいのだが、口では反発している。

食べ終わると、

「へへへ、あっしはこれで。ちょいと柳原で稼ぎを、ね」

「ほどほどに、な」

先に座を立って大盛屋を出ようとする留左に一林斎は声をかけ、

「薬草畑の手入れ、またお願いね」

「へえ」

佳奈の言ったのへ留左はふり返った。

留左は神田川の柳原土手にならぶ古着屋や古道具屋の裏手で、行商人や買い物客を集め、胴元となって野博打《のばくち》を開帳しているのだ。

一林斎はそこにとやかく言わない。むしろ、

（諸人《もろびと》にはちょうどいい息抜きになっていようか）

と、前向きな目でとらえている。

大目に見ている者がもう一人いる。土地《ところ》の岡っ引で足曳《あしび》きの藤次《とうじ》だ。こむら返りの癖というか持病があり、それもかなりひどかったのが一林斎のおかげであまり発症しなくなったからだけではない。

留左はほどほどをわきまえているのだ。留左を胴元に小博打を打った客で、夢のような大勝ちをした者もいなければ、夜逃げをしたくなるような大負けをした者もいない。客たちは日常とは違った緊張感のなかに、ほどほどに負けほどほどに勝って楽しんでいるのだ。のめり込もうとする者には、

「――おう、あんた。てめえの身ぐるみを脱いだり、嬶《かか》アやがきどもを喰わせる銭まで吐き出しちゃいけねえぜ」

などと意見している。

「──ま、あんな与太なら、いてもおもしれえんじゃねえでしょうかい」

足曳きの藤次は、一林斎に足裏の指圧を受けながら言ったことがある。

その留左が大盛屋を出てから、一林斎と佳奈も霧生院の冠木門に帰った。

きょうは早朝から、

「──先生もご新造さまもいなさらねえ」

と、町にながれているせいか、午後はいつもよりは暇《ひま》だった。その分また、佳奈の鍼の実技をみることができた。

佳奈は鍼をおそるおそる一林斎に打ちながら、

「カカさま、まだかしら。ねえ、トトさま。迎えに行きましょうか」

「うむ」

一林斎はうなずき、

「痛い。また経穴をはずしたぞ」

話をそらせた。

(できるなら飛んで行きたい)

冴とロクジュが、女式神二人と死闘を展開しているかも知れないのだ。

だが、行けない。

式神たちに異状があった下高井戸で〝一林斎を見た〟などと噂が立ってはならない。それを思えば、きょう奥御殿から湯島天神へ随行の声がかかったのは、

(天佑《てんゆう》であったかも知れぬ)

だが、気がかりでならない。

「さあ、佳奈。つぎは儂の背に灸を据えてみよ」

「えっ、お灸。はい」

「大きすぎても小さすぎてもならぬぞ」

「はい」

佳奈は灸の用意にかかった。背骨の両脇には気を鎮める経穴が集中している。一林斎の脳裡から、下高井戸のようすが片時も離れないのだ。

五

きのう、下高井戸宿に急いだ冴が四ツ谷大木戸を出たころ、陽は落ちた。大木戸の外の一帯は信州高遠《たかとお》藩三万三千石内藤《ないとう》家の拝領地で、中屋敷が建っているほかは畑地

に水田、樹林群が広がり、甲州街道も樹林群に覆われ、大木戸を出るなり江戸を出たとの実感が湧《わ》いてくる。

ところが日本橋から下高井戸宿まで四里（およそ十六粁《キロ》）もあり、第一宿駅としては距離がありすぎて不便だ。そこで中ほどに新たな宿駅をという声が上がり、街道に沿った土地が幕府に召し上げられ、近いうちに宿場が開設される話は、もう江戸市中に出まわっている。なんでも宿場の営業は来年の元禄十一年（一六九八）からで、

「――内藤家の拝領地に新たな宿《しゅく》というので、内藤新宿《しんじゅく》と名づけられるらしいぞ」

との噂もながれていた。

冴がこの地を通るのは初めてだ。なるほど街道の両脇は樹木が伐《き》り倒され、畑地や水田であったところも整地が進み、随所に作事小屋が建ち、陽が落ちてからも広い範囲にわたって人足たちが立ち働いていた。

（まあ。噂のとおり）

思いながら冴は足を速めた。町駕籠を拾わなかったのは、途中で下高井戸に向かっている女式神たちと出会わないか周囲に気をくばるためだった。作事現場にも樹林の道にも、大八車や荷馬とともに女の往来人もときおり見かけたが、それらしい者はいなかった。

（ロクジュどのとつなぎが取れれば、敵のようすも判《わか》りましょう）

さらに足を速めた。その一歩一歩に夜の気配が濃くなってくる。

ようやく前方に灯りが見えたとき、あたりはもうすっかり暗くなっていた。

下高井戸宿の町並みに入ると、客を呼び込む旅籠の出女《でおんな》たちの影も少なくなり、旅籠の喧騒はもう過ぎていた。だが、いずれの旅籠もまだ雨戸を開け、屋号を書いた軒提灯にも火は入っていた。

一林斎につなぎの場として聞いていた角屋はすぐ分かった。

「去年でしたか、医者と薬籠持がお世話になったと思いますが」

玄関口で番頭に言うと、

「あっ、あのときのお医者さまのご内儀ですか！」

と、下へもおかぬ歓待ぶりとなった。一年前の鼻薬がまだ効いている。

「そのときとおなじ部屋を」

取ってくれた。二階で街道に面している。もちろん新たな鼻薬は忘れない。

さっそく障子窓の外側の手すりに手拭を結んだ。

――ここに泊まっている
薬込役の合図だ。

一段落つけてから、

（さて、あしたは関ケ原か）

念じながら、淡い行灯の灯りで手裏剣に安楽膏を塗り、革袋に収めた。傷口から体内に入り血流に乗れば数瞬にして手足が痺《しび》れ、苦しむことなく心ノ臓は止まる。だから〝安楽膏〟なのだ。十数歩で息絶えるか、来《こ》し方《かた》を回想する余裕を得るかは、体内に入った量によって決まる。

一夜が明けた。いずれの旅籠も日の出前から動きはじめ、女中らに見送られる旅人はほとんど東方向の江戸に向かっている。日の出からしばらく経た時分には、江戸を早朝に出た旅人が西へ素通りする。

（最初に来るのは？）

冴は障子窓を開け、目立たないように下の往還に目を凝らしている。源六君の行列かロクジュか女式神たちか、それによってこのあとの行動は異なる。

「お客さま」

廊下から女中が声を入れ、襖《ふすま》を開けた。一階の朝の喧騒が一段落ついたようだ。

「きょうのご予定はどうなっておりますかね。ご主人さまは去年、ここから患家の往診に出かけられておりましたが」

「そうね。わたしは往診よりも薬草採りが目的でしてね、きょうは出たり入ったりしますので」

「そう、それを訊きたかったのですよ」

「なにか？」

「さきほど問屋場《といやば》に先触《さきぶれ》が入りまして、お江戸からお大名の行列が来るそうです。それをお知らせしようと思いまして」

これも心づけが効いているのか、わざわざ知らせてくれるなど親切だ。どこの宿場でも問屋場が助郷《すけごう》や荷運びの馬や人足の手配をする。それに、大名行列が通過するとき、宿場の機能は一時麻痺する。

（お出かけになるのなら、その時刻は避けたほうがいいですよ）

女中は告げに来たのだ。

「えっ、いつごろ」

冴は通過の時刻を訊いた。

「さっき問屋場に入ったばかりですから、もう間もなくかと」

「ならば四ツ谷の大木戸を出たあたりでしょうかねえ」

冴はふたたび視線を障子窓の外に向けた。源六の行列よりも、ロクジュと女式神がどう動いているか……冴の最も気になるところである。女中は下がり、冴は視線を外に向けたまま、すぐにでも飛び出せるように身なりをととのえた。もちろん、昨夜安楽膏を塗った手裏剣は革袋ごとふところに収めた。

六

この日、日の出のころである。ご簾中さまの外出で庭に待たされた行列は、上屋敷を出ると千駄ケ谷に向かった。五郎左衛門が頼方さまを迎えに行くというかたちだ。

その下屋敷から四ツ谷大木戸に向かい、甲州街道に入った行列は信州の下ノ諏訪《しもすわ》で中山道に入って近江《おうみ》に向かい、琵琶湖《びわこ》東岸の鳥井本宿《とりいもとじゅく》で紀州から来た加納久通《ひさみち》の一行と合流し、そこで行列の差配は五郎左衛門から久通へ交替する予定と一林斎は聞いている。江戸から差配交替の鳥井本宿までは百十七里（およそ四百七十粁《キロ》）で、風雨にさえぎられなければ十日ほどの旅程となる。五郎左衛門はそこから和歌山に帰り、子息の若い久通が丹生郡葛野藩・国家老として、藩主の松平頼方とともに越前に向かうことになっている。

イダテンとともに中山道を経て甲州街道に入った竜大夫の一行が、一林斎の代理となった冴とロクジュに代わり、道中潜みを交替することになる。竜大夫の陣容はどのくらいか、それは分からない。江戸潜みの手を離れるのだから、一林斎も冴も小泉忠介も聞いていない。

「ほう」

早朝に下屋敷へ入った加納五郎左衛門は、拍子抜けするほど安堵した。

『行かぬぞ』

と、源六が駄々をこねるかも知れないと思っていたのだ。そのときは薬込役たちに命じ、

(無理やりに……)

と、一応の策を立てていた。

ところが源六は、きのうから先行して下屋敷に入っていた供の者と、正装して待っていたのだ。

行列は朝日を受け、とどこおりなく下屋敷を出た。

四ツ谷大木戸を出て作事中の街道に歩を踏んだのは、ちょうど冴が旅籠の女中と話をしていた時分だった。

ならば、ロクジュと女式神は……動いていた。

千駄ケ谷の町並みは鳩森八幡宮《はとのもり》の門前町なので、早朝から参詣客があって茶店もある。

日の出を迎えたすこしあと、ロクジュはそうした茶店に、

「どうだね、蚊帳《かや》はいらんかね。古物もあるよ」

「おや、ロクさん。早いじゃないか。まあ、座ってお茶でも飲んでいきなよ」

声をかけると、うまい具合に縁台を勧められた。もちろん茶店は町の者から茶代を取ったりはしない。

「ああ。これから四ツ谷あたりへ商《あきな》いにと思ってね」

縁台に座り、笠をとった。あと一日で皐月《さつき》（五月）、すでに夏だ。背負った風呂敷には蚊帳が入っている。

すぐだった。だが大名行列につきものの〝寄れーっ、寄れーっ〟の声もなく粛々《しゆくしゆく》と進んでいる。声がなくても往来人は脇へ道を開ける。

「おや、珍しいねえ。紀州さまの下屋敷に行列とは」

茶店の老爺《おやじ》は暖簾《のれん》から顔を出し、ロクジュは縁台に腰かけたまま見つめた。武士なら礼として片膝くらいはつかねばならないだろうが、町人は気楽なものだ。列を横切ったりしない限り、咎《とが》めだてはされない。

（ほう。いる、いる）

ロクジュは心中につぶやいた。行列のなかに、和歌山城下の組屋敷のお仲間がいるのだ。双方、気がついてもうなずいたりはしない。かすかに目と目を合わすだけだ。

二挺の権門駕籠のうち、五郎左衛門はうしろの駕籠のようだ。

行列は下屋敷のほうへ通り過ぎた。

（おっ）

ロクジュは旅姿の女二人に目をとめた。いかにも行列に尾《つ》いてきた風情だ。女二人は茶店の前を通り過ぎ、鳩森八幡の境内に入った。

（ふむ。やつらだな）

目串《めぐし》をつけ、ゆっくりとお茶を飲みはじめた。

行列が下屋敷から出てきたのはすぐだった。

（ほう。源六君）

と、ロクジュは源六がすんなりと駕籠に乗ったのを感じ取った。

ふたたび行列は茶店の前を通り、四ツ谷方面への往還に入った。

旅装束の女二人が境内から出てきて、そのあとにつづいた。きょう赤坂の上屋敷を出たのが越前に向かう松平頼方の行列であることは、奥御殿とつなぎを取った女式神たちは知っていよう。だが、行列が甲州街道に入ることは奥御殿にも知らされていないのだから、当然女式神たちも知るはずがない。

（それをあのくノ一どもは、確かめようとしている。そのあとどうするか）

ロクジュは二人を尾けた。

行列は四ツ谷大木戸の近くで甲州街道に出て西へ歩を取った。

そこまで見とどければ、もうそのまま甲州街道を経て信州で中山道に入り、越前に向かうことは確実だ。

千駄ケ谷を出たあたりは野良道だったが、四ツ谷は町場で脇道はいくらでもある。そこに入って行列の前へ出るのは簡単だ。

（おっ。そのつもりか）

女二人は速足になった。行商人姿のロクジュもそれにつづいた。

つぎに出たところは行列の前だった。四ツ谷大木戸が目の前だ。

大木戸を出た。そのあとに行列はつづいている。下高井戸宿の旅籠で女中が、大名行列の先触があったことを冴に知らせたのは、このあとすぐのことである。

さすが式神のくノ一か、女にしては速足だ。ときおり江戸を発って西へ向かう旅姿を追い越して行く。ロクジュはつづいた。

陽はかなり高くなっている。

街道はかなり起伏があり、その上り下りに女式神たちの背が見え隠れする。

四ツ谷大木戸から下高井戸宿まで二里（およそ八粁）ほど、その家並みが見えた。

（よし。出張っておいでなのは組頭か冴さまか）

ロクジュは女式神たちとの間合いを詰めた。薬込役たちが冴に〝さま〟をつけて称《よ》んでいるのは、大番頭の児島竜大夫の娘だからだけではない。冴の手裏剣の技は、男女を含め薬込役のなかで随一なのだ。

町並みに入った。ときおり茶店の縁台に座って休憩する旅姿はいるが、この時刻ほとんどは通過するだけである。

「あれは！」

二階の障子窓から下をのぞいていた冴は感じ取った。速足の旅姿の女二人、その三間（およそ五米《メートル》）ほどうしろに、

（ロクジュ）

速足の女二人は角屋に近づいて来る。

ロクジュは笠の前を上げた。角屋の障子窓の手すりに手拭が……ついで視線が合った。

（冴さま）

ロクジュは胸中につぶやき、

（式神）

前方の女二人を素早く顎《あご》で示した。

冴はうなずき、二階の障子窓からその顔が消えた。

（式神たちは行列の前に出ている）

みずから京まで急ぐつもりか、次の宿場で早飛脚を立てるか……いずれにせよ知らせを受けた式神たちが京を発ち、行列を待ち受けるのは信州か美濃《みの》か……山間を抜ける街道にその道程は長い。仕掛ける場には事欠かない。

（やるべきことは一つ）

旅装束の冴が急いで角屋の玄関に立ったのと、ロクジュがその前にさしかかったのがほとんど同時だった。

「あんれお客さま、もうすぐ大名行列が」

「その前に薬草採りに」

女中が声をかけてきたのへ冴は返し、急ぎ往還に出た。大名行列の近づいているのが格好の急ぐ口実になった。

「行商人さん」

「へい。ご新造さん」

ロクジュと肩をならべ、言葉を交わした。なすべきことの確認である。二対二で、しかも対手はこちらに気づいていない。二人は同時にうなずいた。

下高井戸宿の町並みは一丁（およそ百米）もない。前方の女式神二人はすでに町並みを出た。次の宿駅ではないが民家が両脇にならび茶店もある上高井戸村《かみたかいどむら》まで十一丁（およそ一・二粁）、湾曲した往還に樹林群や坂の野原もあることは、旅籠の女中からきのうのうちに聞いている。しかも一斉に旅人が動く早朝の時間帯は過ぎ、人影はまばらで仕掛ける場はありそうだ。

街道は樹林群に入った。万緑の候であれば樹々《きぎ》は茂り、隧道《ずいどう》のようになってしかも起伏と湾曲に、本街道といえど昼間でも不気味だ。

ときおり二人の影を見失う。かといって町場の中のように間合いを詰めれば尾けていることに気づかれ、不意打ちはできなくなる。笠と杖を持った冴と風呂敷包みを背負ったロクジュは再度うなずきを交わし、足を速めた。女式神二人の十数歩前は湾曲し、すれ違う者があってもしばらくは見えない。

後方の下高井戸宿では、

「寄れーっ、寄れーっ」

供先《ともさき》の武士二名が声を投げながら先頭を進み、町並みに入ったところだ。供先のうしろに奴姿《やっこすがた》の中間が三人、桶を持ち柄杓《ひしゃく》で水を撒きながら進んでいる。大勢の歩みに舞い上がる土ぼこりから権門駕籠を護るためだが、沿道の茶店や旅籠などからも女中が出て水を撒いている。縁台や玄関口が土ぼこりに包まれたのではかなわない。

往来人や大八車に荷馬などは脇に避けているが、権門駕籠が二挺に供揃え六十人ほどの短い行列なら、町の動きが停滞するのはわずかですみそうだ。供先の武士と水桶の中間は、いずれも薬込役たちである。


「ん？」

女式神二人は、背後の不穏な足音に気づいた。さすがである。ふり返るなり横並びから態勢を瞬時に縦並びに変えた。後方の一人が戦い負傷しても前面に立った者は無傷のまま対処できる。薬込役にもある戦法だ。そのとおりになった。後方に入った女式神は、

「うっ」

冴の放った手裏剣を受けていた。前面の式神が負傷した仲間を背負うように一体となって樹間の灌木《かんぼく》群のなかに倒れ込んだ。その挙措は、冴が二打目を構えるよりも迅速だった。

同時だった。ロクジュが前面に突進していた。だが、走りながら抜いた匕首《あいくち》は標的を失った。切っ先が飛翔するより、女式神二人が灌木群に身を沈めるほうが一瞬速かったのだ。ロクジュは女式神たちの消えた箇所を空《むな》しく数歩走り抜け、たたらを踏んでふり返った。

一撃の成果は、意図した半分だ。冴とロクジュは刹那《せつな》につぎの戦法に移った。二人同時に灌木群に飛び込んだのだ。街道は無人となり、湾曲した前方や後方から旅姿や土地の者がその場に来たとしても、何事にも気づかず通り過ぎるだろう。

冴とロクジュは、女式神二人を前後から挟む態勢に身を沈めている。

ほんの数呼吸のあいだであろうが、それを四人は長く感じていることだろう。不意を衝かれた女式神たちはことさらである。

「大丈夫か。抜くから、がまん」

「ううっ」

肩に手裏剣を打たれていた。抜いた。すぐさま血止めに手拭で傷口を押さえた。

だが、

「うーうぅ」

打たれた女式神は異状に気づいた。京の式神たちは、紀州藩の薬込役たちが安楽膏を使っていることも、その効能も知っている。これまで仲間がそれによって幾人も斃され、さらに自分たちも似た毒薬を使っており、効能がほぼおなじだからだ。一林斎が去年、狼谷《おおかみだに》の沼地でかすかに打ち込まれたのもそれだった。

「いかがした」

「もういけない。手足が」

痺《しび》れてきたのだ。

「ならば、あの二人は！」

手当てしている者が言ったのへ、もう一方は無言でうなずいた。

「薬込役かえ！」

灌木群に身を沈めたまま、式神は声を投げた。お互いに所在は分かっている。爆裂玉でもない限り、灌木の茂みに手裏剣は用をなさない。恐怖に動き、身をさらしたほうが負けになる。

「…………」

返事がない。

数呼吸の間を置き、

「式神かえ！」

冴の声だ。

「…………」

返ってくる声はない。

だがそれで、互いに相手の何者であるかを慥《しか》と確認した。

冴にもロクジュにも、女式神二人のいまのようすは分かる。だが、つぎの動きまでは読めない。

二人は話していた。

「わたしは、もういけない。そなた、早う京へ、つなぎを」

「なにを言う。放っていくなど」

「そなた、こそ、なにを。受けたのは、安楽膏、ぞ」

声が弱々しくなっている。

「ううっ」

唸《うな》ったのは無傷のほうだ。さすがは式神というべきか、

「御免」

お仲間の髪の毛を懐剣でひとつかみ切った。切られた女は、かすかにうなずいた。遺髪である。うなずく以外、もう身動きはできないようだ。

下高井戸宿では、行列の殿《しんがり》が町並みを出ていた。町場を過ぎれば〝寄れーっ〟の声もなく、水撒きもない。ただ、黙々と進むのみである。

ロクジュは待てなかったか、

「きえーっ」

奇声とともに灌木群から身を乗り出し女式神めがけて飛翔した。

「あっ」

冴は手裏剣を構え、わずかに灌木群から顔を出した。女式神の背が見える。その動きは速かった。相方の髪を切ったところだ。懐剣が手にある。飛来する敵に打ち込んだ。

冴は息を呑んだ。命中した音をかすかに聞いたのだ。

それと同時だった。

冴も手裏剣を女式神の背に打った。

それら三箇所に樹々の音が立ったのは、ほんの数瞬だった。そのなかに女式神の短いうめきを、冴は聞き取った。背に命中していた。

あとは風に揺れる樹々の音ばかりとなった。

安楽膏の効き目は……、ロクジュは……。毒薬を打たれても、即座に手当てをすれば助かる。かつて一林斎も、微量であったとはいえそれで助かったのだ。しかし、女式神に打ち込んだ安楽膏が効くまでは動けない。いま顔を灌木の枝葉の上に出せば、たちまち式神の卍《まんじ》手裏剣の標的となるだろう。

一呼吸、二呼吸……が、一刻、二刻にも感じられる。

(ロクジュどの)

冴は念じ、高鳴る心ノ臓を抑えた。

風に樹々ばかりが騒ぐ。

これ以上、待てない。

意を決した。瞬時、佳奈と一林斎の顔が脳裡をかすめた。

身を前面に躍らせ、すぐさま伏せた。

(ん?)

反応がない。

だが、あった。ロクジュだ。冴とおなじ動きを見せたのだ。

「冴さま」

聞こえたではないか。

「おぉお。ロクジュどの」

「冴さま」

二人は同時に身構えた態勢で腰を上げた。二人の上体が、灌木群の上に出る。ロクジュの無事に冴は全身の力が抜けるのを覚えたが、戦いはまだ終わっていない。三打目の手裏剣を頭の上にかざし、ロクジュは匕首を前面に構え、枝葉に音を立て数歩進み出た。

二人のあいだには、女式神二人が身を潜めている。反応がないのは、二打目の安楽膏も効いてきた証《あかし》か。

さらに踏み込むこと数歩、

「ロクジュどの、さっきの……」

「冴さま。どこを看《み》ていなさったね」

ロクジュが足元から拾い上げたのは、背に担いでいた風呂敷包みだった。蚊帳が入っている。女式神の打った懐剣が刺さっていた。それもかなりの深さに……。安堵のあまり、ふたたび冴は力が抜けそうになった。

「やく、ごめ、やく、どの……」

茂みのなかから声がする。すでにか細い。

二人は声の主《ぬし》を挟み、身構えたまま左右から一歩、二歩、再度枝葉に音を立てた。

「おぉ」

「お見事」

女式神の一人はすでに息絶え、戦った一人も背に手裏剣を受け、動くのは喉と唇のみとなっていた。

冴は身を寄せ、上体を抱き起こした。目はまだ見えるようだ。女式神は言った。

「わた、くし、たばこが、趣味。ひ、火を、お持ち、なら……」

お借りしたい……と、唇が動いた。

(みょうなことを)

二人はその顔をのぞき込んだ。ハツやマキにカエデやモミジらに似た、冷徹な感じだ。

「そなた、名は」

冴の問いに、

「………」

応えはない。

息はまだある。安楽膏の特質か、そこに苦痛の色はない。

「どのくらい、塗られました」

「かなりの量」

ロクジュの問いに冴は応えた。

「なるほど」

「あっ」

ロクジュが得心すると同時に、冴は肩にまわした手に重さが加わったのを感じた。

二人はうなずき合い、息絶えた女式神に合掌し、

「御免」

ふところと腰に巻いている打飼袋を検《あらた》めた。

息を呑んだ。打飼袋から導火線のついた、握りこぶしほどの爆裂玉が一つずつ出てきたのだ。大きさから、駕籠に投げ込めば殺傷はできると推測される。冴とロクジュはあらためて顔を見合わせ、ぶるると身を震わせた。

「――火を」

女式神の最期の言葉だった。種火は持っていなかったところから、ここで源六を襲

う算段はなかったのだろう。しかし、最期まで〝敵〟を道連れにしてやろうとの意志のあらわれか。この女式神たちは、にわか仕立てのくノ一ではない。相応の根性をそなえた手練《てだれ》のようだ。二人はあらためて二遺体に合掌した。

街道のほうから大勢の足音が聞こえてきた。源六君の行列だ。

「さあ、ロクジュどの。大番頭の一行はすぐ近くまで来ていましょう。あとはわたしが始末を。早うこのことを」

「へい」

ロクジュは腰を上げ、竜大夫に見せるため爆裂玉一つを蚊帳と一緒に包み、湾曲した街道をできるだけ行列より前のほうに飛び出し西方向へ走った。

もし女式神二人を討ち洩らし、竜大夫たちがすれ違ったのへ気がつかなかったなら……京の土御門家より式神の本隊が中山道へくり出し、いずれかで竜大夫たちと戦いを演じることになっていただろう。それら式神たちも爆裂玉を用意していよう。そこには想像しただけで、ゾッとするものがある。

冴は息を殺し、灌木群のなかから、源六の大名行列を見送った。

# 六

「わっ、カカさまがお帰りじゃ」

佳奈の声に一林斎が全身の力を抜いたのは、陽が西の空に大きくかたむいた時分だった。庭に飛び降りようとする佳奈に、

「これこれ、カカさまに足洗いの水桶を」

「あっ、そうだった」

佳奈はまた縁側に飛び上がり、奥へ走った。そのあいだに、冴はそっと言った。

「女式神二人、ねんごろに葬《ほうむ》っておきました」

「うむ」

一林斎はうなずき、

「して、大番頭さまの一行はいかに」

安心はまだできない。源六の道中はこれからなのだ。

冴は応えられない。

ロクジュが、

「どうも足が引きつりやして、鍼を打ってくだせえ」

と、風呂敷包みを背に冠木門をくぐったのは、冴が帰ってから小半刻（およそ三十分）ほどを経てからだった。速い。

療治部屋で、

「ここんところが、へい。痛《いと》うて」

待合部屋にも聞こえるように言ってから声を殺し、

「下高井戸宿から十一丁（およそ一・二粁）先の上高井戸村で出会いやした」

「ほう」

一林斎はあらためて安堵を覚えたが、冴からまだ女式神二人を斃したときのようすを詳しく聞いていない。それに爆裂玉のこともある。

「佳奈。きょうはカカさまはお疲れじゃ。夕餉は向かいの大盛屋に行こうか」

「わっ。ならばロクジュさんも一緒に」

奥から佳奈の声が返ってきた。冴は一林斎の意図を解した。

大盛屋では壁際の席を取り、冴と佳奈は膳をすませると先に帰り、一林斎とロクジュは酒を頼んでその場に残った。掛け行灯の灯りの下で、二人は額を寄せ合った。

爆裂玉には竜大夫も仰天した。鞍馬でも嵯峨野《さがの》でも、それらしい存在はつかんでいなかったのだ。

竜大夫は同行したイダテンのほかに、十人ほどの配下を差配していたが、

「ご一同さん、あらためて緊張いたしやして。そのためでしょうか、もしものつなぎのため、イダテンは江戸へ戻らず、そのまま道中潜みとして大番頭さまについて行くことになりやした。それで赤坂の長屋にはあっしが入《へえ》りやして、ここと藩邸とのつなぎをやれと大番頭さまが」

「ほう、それはいい。そうしろ」

と、話が終わったとき、外はすでに暗く、ロクジュは必要ではないが霧生院から無地のぶら提灯を借り、足元を照らして赤坂に帰った。

長屋の住人たちは、ときおりイダテンを訪ねてくる福禄寿のようなロクジュの顔を見知っており、なんら怪しむことはないだろう。朝になれば、

『伊太さんねえ、上方での仕事が長引きそうなので、あっしがちょいと留守居を。しばらく仕事もここから出させてもらいまさあ』

住人たちに言うことだろう。千駄ケ谷の下屋敷にはヤクシがおり、それで充分だ。

その夜、寝入った佳奈のかたわらで、

「おまえさま」

冴は四十路《よそじ》という歳に似合わず、深刻な、甘えたような声を出した。産婆として幾人もの赤子を取り上げ、その一方で各種の殺しの手法も日々修錬を積んできたが、実際に安楽膏を人に打ち込み、命を奪ったのは初めてだった。

「遺体はいかように」

「二体とも首筋と顔に、安楽膏を……」

冴が言ったのへ、一林斎は無言でうなずいた。

死体が土地の者に見つけられ無縁仏として葬られる前に、山鴉野犬《さんあやけん》がついばみ喰い散らかすところとなれば、最初についばみ喰らいついた畜生は死ぬ。死体を傷《いた》める畜生どもへの、せめてもの懲らしめであり、死者への供養のつもりでもある。

このさき、まだそうした戦いはつづくのだ。

「それが、薬込役の宿命ぞ」

「あい」

一林斎の言ったのへ、冴は低く返した。

五日ほどが経ち、さらに十日ばかりが過ぎた。皐月《さつき》（五月）も半《なか》ばに近い。真夏である。

まだイダテンは帰って来ない。

ロクジュがまた足腰の療治に来た。

待合部屋で年寄りから、

「おまえさん、まだ若いのによく痛むねえ」

「へえ、まあ。際物商《きわものあきな》いで、あちこちの町を歩きますもので」

言われたのへ、足をさすりながら応えていた。

待合部屋で順番を待つということは、

(火急のつなぎではありやせん)

との意思表示だ。

順番がきて、療治部屋に入った。

低声《こごえ》で言った。

「小泉どのと氷室どのによると、奥御殿はなにやらいらついているようすで」

その〝なにやら〟がなにであるか、江戸潜みの薬込役たちには分かる。おもての政庁から、安宮照子と久女が待ちに待っている〝道中大変〟の知らせが、一向に入ってこないのだ。

「――おもてに早馬が駈け込んだようすはないかえ」

などと、奥御殿の庭によく出入りする中間の氷室章助などは、腰元を通じて幾度も訊かれたらしい。

京の土御門家はなおさらであろう。江戸へ放った女式神二人は、行ったきりで戻って来ない。だが、いくらなんでも丹生郡葛野藩の行列が甲州街道から中山道への道を取ったことは気づいているだろう。すでに琵琶湖東岸の鳥井本宿で一行は和歌山からの新藩士らと合流しているかもしれない。行列の差配も、葛野藩の国家老となった加納久通と交替し、五郎左衛門はもう和歌山への道中にあるのかもしれない。

一林斎や冴にとって急なつなぎのないのは、安堵すべきことかもしれない。佳奈の鍼の練習は日々進み、冴も居間のほうで肩や腰に打たせはじめている。まだ十二歳とはいえ鍼の実技に入ってから、ずいぶん大人びてきたように見える。まったく霧生院家の〝子〟にふさわしく育っているようだ。

（これも物見を甦した成果か）

冴は思い、一林斎も思っている。思うというより、実際にそうなのだ。

その一方において、やはり道中潜みについている竜大夫からのつなぎが待たれる。イダテンがひょっこり帰ってこないかと、一林斎も冴も障子を開け放した療治部屋から、庭へ視線を向けることが日に幾度かある。

そのような一日、夏の夕陽を受けながら飛脚が霧生院の冠木門に駈け込んだ。きょう最後の患者が帰ったばかりだ。

(来たか)

一林斎は思い、鍼の用意をしていた佳奈に、

「受け取って来なさい」

冷静をよそおい、療治部屋で待った。

「近江からです」

飛脚の声が聞こえ、一林斎の心ノ臓は高鳴った。それも堪《こら》え、佳奈から受け取った書状を開いた。冴も奥から縁側に出てきている。

果たして竜大夫の符号文字だった。

焦るように読んだ。

愕然《がくぜん》とした。

「いかように?」

「ふむ。読んでみよ」

冴が訊いたのへうなずき、文《ふみ》を手渡して佳奈に、

「佳奈。きょうは気分がすぐれぬ。練習はやめじゃ」

「え、どうして」

佳奈は不満そうになった。

かたわらで一読した冴も息を呑んだ。

――源六君儀、鳥井本宿にて行方《ゆくかた》知れず相成り候《そうろう》
冒頭に符号文字は記していたのだ。

日付を見れば四日前のことになる。

さらに、委細が判《わか》ればイダテンを江戸へ走らせる旨が記されていた。

「おまえさま」

「待つしかない」

冴が言ったのへ一林斎は返し、

「佳奈。やっぱり鍼の練習、始めるぞ」

「わっ、ほんとう！」

佳奈は嬉しそうに声を上げ、かたづけた鍼の用具箱をまた出してきた。

# 三　死者二人

一

「な、なんですと！」

小泉忠介は声を上げた。

日本橋北詰の割烹《かっぽう》である。一林斎は竜大夫の文《ふみ》を受けた翌日、イダテンを除く江戸潜みの者全員に火急の呼び出しをかけた。

その内容に、座の者は仰天した。ということは、鳥井本宿からの文を受けたのは一林斎のみとなる。城代の加納五郎左衛門も葛野藩の国家老となった加納久通《ひさみち》も、紀州藩の江戸上屋敷にも下屋敷にもまだ知らせていない……。召集はそれを確認するためだった。いまのところ現地以外には、秘中の秘ということになる。

「いったい、なにが」

下屋敷で源六と五郎左衛門の行列を見送ったヤクシは首をひねった。行列が出立《しゅったつ》するとき、五郎左衛門が拍子抜けするほどすべてが滞《とどこお》りなく進んだ。

ということは……。

分からない。

冴とロクジュの活躍で、京へ街道を知らせる物見《ものみ》の式神《しきがみ》は斃《たお》した。だから実際、道中は安泰だった。それでも式神が爆裂玉を持っていたことに驚愕した竜大夫は配下に命じ、各宿場町の路地から、また樹間の灌木群から、不意に投げ込まれないか細心の注意を払った。

何事もなかった。だからといって鳥井本宿に入って竜大夫の気がゆるんだなどあり得ない。道中は北国《ほっこく》街道へとまだつづくのだ。

ならば考えられることは、

「畿内《きない》に入ってから式神が気づき、急遽《きゅうきょ》人数をくり出したのか」

「そこで大番頭の一行と死闘を演じ、源六君が巻き込まれ……」

「行方知れずに？」

小泉忠介が言ったのへヤクシがつづけ、さらにロクジュがつないだ。

が、ロクジュが半信半疑の口調であったように、もしそうなら鳥井本宿での戦いは派手なものとなり、当然江戸藩邸にも伝わるはずだ。

それがない。

「うーむ」

一林斎は唸り、

「ともかくだ、大番頭《おおばんがしら》の文では、つぎはイダテンが知らせに走り戻って来る」

「おぉぉ」

一同は唸った。いずれも、イダテンなら早飛脚なみであることを知っている。

「待つあいだもなあ、そなたら奥御殿の動きに注意を払い、藩邸になにか入り次第すぐさま儂《わし》に知らせよ。むろんイダテンが霧生院に駈け込めば、内容の如何《いかん》に拘《かか》わらずすぐさま知らせる。そのためにこれより毎日、夕刻前にロクジュ、霧生院に足腰の治療に来るのだ。赤坂のイダテンの長屋からなら、そう遠くはあるまい」

「へい」

この日の頼母子講に似せた鳩首はそこまでだった。前に進めようがないのだ。

翌日からさっそくロクジュは来た。

「おや、あんた。またかね、お若いのに」

「へえ。腰がどうも持病のようで」

待合部屋で年寄り衆に冷やかされるのへロクジュは応え、

「あ、婆さん。お先にどうぞ」

と、できるだけ長く霧生院で時を過ごし、療治部屋に入れば、

「ヤクシからも氷室からも、つなぎはありやせん」

ようすの分からないことに、部屋には焦りの空気がながれるばかりだった。

一林斎にとっては神田須田町にも危機のあることが、かえって焦る気分を紛らわせていた。それも、軽い危機ではない。場合によっては霧生院どころか紀州藩徳川家が揺らぎ、源六の丹生《にう》郡葛野藩など吹き飛んでしまう事態になりかねないのだ。

綱吉将軍のご政道に背《そむ》く、憐み粉の存在である。ときには憐み粉の中に安楽膏を仕込むこともあるのだ。病犬《やまいぬ》の場合だ。人の死ぬのを防ぐため、秘かに葬っていることも、町内の隠し事となっている。

岡っ引の足曳きの藤次は、すでにその存在を知り、目をつぶっている。

(俺だって欲しいぜ、あの不思議な粉をよう)

秘かに思っている。

問題は、足曳きの藤次がついている北町奉行所隠密同心の杉岡兵庫《すぎおかひょうご》だ。

(須田町の霧生院に目をつけている)

ことは、以前から気づいている。江戸のあちこちでお犬さまに関わる事件が起きているなか、神田須田町とその周辺にはまったく起きていない。役人なら、

(なぜだ)

思っても不思議はない。

日本橋北詰の割烹で鳩首してから三日目だった。

佳奈を薬籠持に町内の患家《かんか》をまわっていた午前だ。足腰の弱った隠居に鍼を打ち、外へ出てきたときだ。

「先生！　こちらでしたかい」

留左が着物を尻端折に走り寄ってきた。

「わっ。留さん、どうしたの」

留左の慌てぶりに佳奈が驚いたように言った。

「どうしたのじゃありやせんぜ。や、病犬でさあ」

「えっ」

これには一林斎が緊張した。病犬が他の犬に咬みつけば、その犬も病犬になり、そ

れだけ人間の犠牲者が増える。防ぐのは、その犬を殺し焼却する以外にない。それでもお犬さまを殺せばその身は死罪、縁者も遠島……これが綱吉将軍の〝慈悲深い〟ご政道なのだ。

そういえば、町内に出歩いている住人はいない。誰しも命が惜しい。昼間というのに、雨戸を閉めている商舗《みせ》もある。余所者《よそもの》が歩いていると、戸のすき間から、

「逃げなせえ。病犬が近くにいるそうですぜ」

「えっ」

声をかけると、そそくさとその場を離れる。

まったく知られていなかった病犬への知識は、

「――よだれを垂らし、異様に唸って攻撃的なら……」

「――喉が異常に渇き、熱にうなされはじめたなら病犬の毒素。助かる方途はない」

と、かなり知られるようになった。この神田須田町界隈では、すでに生きるための常識となっている。一林斎の功績だ。

その知識は徐々に江戸中へ、町場も武家地、寺社地も問わず広まりつつある。

「どこだ！　佳奈、用意を」

「はい」

佳奈の抱えている薬籠には、油紙に包まれた憐み粉が入っている。さらに微量ながら、安楽膏も……。

「待っておくんなせえ、佳奈ちゃんに先生！」

「どうした、留」

「へえ。実は、隠密同心が来ているのでさあ、行商人のかっこうで。足曳きの藤次と一緒に」

「なんだと！　うーん、かまわん。犬のほうが先だ。案内しろ！」

「案内しろって言われても、相手は動いていやすぜ。ともかく、こっちでさあ」

留左は先に立った。

人通りの絶えた枝道に入っていた。

雨戸を閉めた乾物屋の前だ。異様に唸りながらあたりを嗅ぎ、雨戸を引っかいている。そのようすは正常ではない。中の者は生きた心地もしていないだろう。死神がそこに来ているのだ。

「行くぞ、佳奈」

「はい」

佳奈の出した微量の安楽膏を苦無《くない》の切っ先に塗り、腰を落とし、一歩、二歩と歩み出た。背後には憐み粉を手にした佳奈がつづいている。

あちこちの路地から、住人が一人、二人と出てきた。女もいる。筵《むしろ》や水桶を持っている。犬が向かってくれば水をぶっかけ、筵で包み込むのだ。勇気ある行動だ。町内のそれらは、一林斎が来たことへの安堵と、病犬を捨て置けない心情と、それに十二歳の小娘が一緒に立ち向かっていることに触発されたようだ。その数が次第に増え、一林斎と佳奈と留左を遠巻きにする。これがもしおもての大通りなら、大騒ぎになるところだろう。

路上に出ている者はいずれも固唾《かたず》を呑み、身構えている。

一林斎が苦無を構え、佳奈をかばうように、じりじりと歩み出る。

「ま、待ってくだせえ！」

佳奈の横でへっぴり腰になっている留左が言った。

「あ、あれを」

雨戸の前の病犬をはさんだ向こう側で、水桶を持って身構えている乾物屋の亭主の背後だ。足曳きの藤次と一緒にいる行商人姿……すでに留左は顔を知っている。隠密同心の杉岡兵庫だ。

留左は乾物屋の前を迂回《うかい》するように、そろりそろりと向かい側に歩み、

「やい、足曳きの。なんだっててめえ、こんなのを連れて来やがった。知ってるぜ、そいつは……」

「言うな」

言ったのは隠密同心の杉岡兵庫だった。

「なに！」

相手が行商人姿のせいか、留左は臆《おく》することなく杉岡に憎悪の目を向けた。

杉岡は一林斎を凝《じ》っと見つめている。これも一林斎の功績かもしれないが、杉岡兵庫もどんな状態が病犬か、咬まれたら助からないとの一応の知識を持っている。実例も見ている。

「旦那ア」

足曳きの藤次が、哀願するような口調を杉岡へかけた。そのようすから、藤次は杉岡に無理やり神田須田町への隠密行の案内役に立たされたようだ。

留左は押し殺した声で藤次と杉岡に迫っており、周囲にその声は聞こえなかった。

まわりのいずれも、眼前の病犬と一林斎、それに佳奈へ全神経を向けているのだ。

佳奈が素早く憐み粉を撒いた。

「おぉぉ」

筵や水桶を持った男や女たちから声が上がる。

病犬はよだれを垂らしながら地面を嗅ぎはじめた。

犬が好む魚介類の匂いがするが、粉で固形物がない。

一林斎は病犬の鼻先にまで進み出た。病犬はなおも地面に鼻をあて匂いを嗅ぐのに夢中になり、飛びかかってくる気配がない。これも憐み粉の効果だ。一林斎は苦無の切っ先を病犬の鼻の前に突き出し、挑発した。

――ウウウウッ
病犬は乗り、苦無に咬みついた。一林斎は病犬の口の中で、苦無の切っ先をぬぐうようにして引き抜いた。安楽膏は間違いなく口の中の傷口に塗られた。

一林斎は一歩二歩と下がるが、病犬はなおも地面を嗅いでいる。その四足がふらついたようだ。

「おーっ」

ふたたび声が上がる。

このあと病犬は倒れ、うめきも吠えもしなくなることを町の者は知っている。

「包み込め」

「おーっ」

筵を持った者が数名歩み寄り、袋にでも入れるように病犬を包み込んだ。

「ふーっ」

一林斎は大きく息をつき、

「おぉぉぉ」

見ていた者からも声が上がった。まさしくそれは町全体の声だった。

このあと町の者がなにくわぬ顔で神田川の川原に運び、古筵や枯れ木を燃やすふりをして焼却することだろう。死体を川に流せば、

「——だめだ。普通の犬ならそれでいいが、他の犬がそれを喰らえば、その犬も病犬になるぞ」

一林斎は町の者に言っている。住人らはなにやら因果めいた現実に、身を震わせたものである。

意外だった。

「帰るぞ」

「えっ」

杉岡兵庫はくるりときびすを返し、藤次も頓狂《とんきょう》な返事をしてあとにつづいた。

その日の午過《ひるす》ぎの出来事だった。

「なにしに来やがったい」

庭の薬草畑の手入れをしていた留左が顔を上げた。

足曳きの藤次が冠木門を入って来たのだ。

「おう、留よ。おめえ、そうやってここで土いじりしてるのが一番似合っているぜ。で、先生はおいでかい」

「へん。またこむら返りかい。診てもらいてえのなら、待合部屋でちゃんと待ちやがれ。急なふりをして先に診てもらおうなんて、ふざけた料簡起こすんじゃねえぜ」

「分かってらあ」

藤次は縁側から待合部屋に上がり、順番を待った。

岡っ引が来たのでは、患者としてであっても、どうも座が白ける。午前の病犬のことがある。療治部屋で留左と藤次のやりとりを聞いていた一林斎は、緊張した面持ちになっている。冴も同様だ。

番が来た。

藤次は療治部屋に入った。

「へへ、先生。きょうは療治をしてもらいに来たんじゃねえんで」

「どういうことかの?」

一林斎は藤次をにらんだ。

「きょう午前、あっしと一緒にいた行商人、ご存じのことと思いやすが」

「ふむ」

一林斎はうなずいた。

冴の表情に緊張の色が浮かんだ。

藤次は言った。

「その人が言っておりやした。きょうは何も見なかった、と」

「うっ」

「これからも見ないだろうって。あの行商人さんに頼まれて、それを伝えに来たんでさあ」

言うと藤次は腰を上げ、

「慥《しか》と伝えやしたぜ」

「そうか」

一林斎のうなずきを背に、部屋の板戸を開け、

「藤次さん。足が引きつるようだったら、また来てください」

「へえ。おかげさまで、最近はほとんどよくなりやした」

冴の言葉にふり返り、藤次はぴょこりと頭を下げた。

「おや、もうお帰りかい。早《はえ》えじゃねえか」

「おう。おめえ、柳原土手での遊びはほどほどになあ」

「てやんでえ」

庭から留左と藤次のやりとりが聞こえてきた。

「ふーっ」

一林斎は療治部屋で、大きく安堵の息をついた。

二

しかし、安堵に浸《ひた》ってはおられない。地元での気がかりがなくなると、

(いったい、近江の鳥井本宿で何があったのだ)

いっそう思いがつのる。

日本橋北詰の割烹で江戸潜みの談合を持ってから四日目だった。イダテンの長屋に入っているロクジュが、霧生院の冠木門をゆっくりとくぐった。その足取りで用件は

ほぼ分かる。

　果たして待合部屋でロクジュは急患ではなく、順番を待った。冴に呼ばれ療治部屋に入ると、

「小泉どのからもヤクシからも、奥御殿に変わった動きはない、と。逆に組頭からのつなぎはないかと訊かれやした。イダテンはまだ戻って来やせんかい」

「まだだ。いまごろ東海道を江戸へひた走りに走っているのかもしれんがなあ」

　希望的な言葉を返し、互いに溜息をつくばかりだった。

「なにやらすぐ近くに足音が聞こえるような」

　冴も希望的なことを口にし、

「ほっ。冴さま、お感じになりやすかい」

「ただ、そのような気が」

　反応を示したロクジュに返した。発信するのは竜大夫で、冴とは親子だ。その冴が言ったのだから、

（当たっているかもしれない）

　一林斎もロクジュも信じようとした。

「あしたはちょっと早めに来やすぜ」

ロクジュがまじめな顔で言ったのへ、一林斎も真剣な表情で応じた。

なんと、当たっていた。

翌日である。

「わっ、飛脚さん！　えっ、伊太のおじさんだ!?」

庭に出ていた佳奈が頓狂な声を上げたのは、この日の患者がすべて帰り、待合部屋に待っているのがロクジュのみとなった夕刻に近い時分だった。

「おぉお、帰ったか」

一林斎とロクジュが縁側に飛び出たのは同時だった。

「えぇえ！　どうして？」

「トトさまがねえ、伊太のおじさんに大事な用で飛脚を頼んでいたのです。さあ、奥に入ってカカさんと鍼の練習を」

「でもぉ」

庭に急ぎ出てきた冴に、玄関口のほうへ肩を押された佳奈は、

不満そうな表情ながらも〝鍼の練習〟と言われ、やむなく従った。

「で、いかに」

縁側ではすでにイダテンが飛脚装束で腰を投げおろし、一林斎とロクジュは片膝をつき、鳩首の座をつくっている。

「へいっ。若さん、無事に、ございます」

イダテンは息せき切ったまま、江戸残留組が最も気を揉《も》んでいるであろう用件から舌頭に乗せた。源六のことを〝若さん〟と言ったのは、冴に背を押され奥へ入る佳奈の姿を見たからだ。〝源六君〟などと聞こえたなら、佳奈は目を輝かせ走り寄って来るだろう。

「ほぉう」

「よしっ。で？」

ロクジュと一林斎が安堵の表情になったのは同時だった。

さらにイダテンは、

「はあそれが、また。ふっ、ふふ」

「ん？」

なぜか笑い出したのへ、一林斎とロクジュは首をかしげた。

「さあ、さあ、伊太さん。まずはお茶を」

冴が奥から盆に湯呑みを載せ出てきた。

「ともかく上がれ。それから詳しく聞こう」

「へえ」

イダテンは挟箱《はさみばこ》を縁側に置き、草鞋《わらじ》の紐《ひも》を解いた。

待合部屋で三つ鼎《みがなえ》に胡坐《あぐら》を組んだ。

イダテンはお茶をぐいとあおり、

「ふーっ」

と、ようやく一息ついたようだ。

「さあ。なにがいったい、それがまたなのだ」

「へえ、話します。若さん、脱走しました」

「なんだって！」

「んん？」

驚きの声を低く抑えたのは、さすがに薬込役たちである。

「そりゃあ、あっしも当初は驚きやしたぜ」

イダテンも声を落とし、伝法な口調になった。

一林斎とロクジュはイダテンを凝視し、固唾を呑んだ。

「ことの起こりは、行列が鳥井本宿に入り……」

宿《しゅく》の本陣が、和歌山から来た随行の五十人と、越前から来た迎えの二十人ほどで混雑した日のことだという。

「なにしろ出迎えの二十人ほどのところへ、江戸からの行列と和歌山からの合流組がほとんど同時に着いたものだから、まあちょっとした混雑になりやして。あっしらは大番頭さまの差配で、本陣の周辺と町場に胡乱《うろん》な者はいないか物見《ものみ》にあたっておりやした。それが夕刻近くのまだ明るい時分でやした」

本陣近くにいた大番頭の児島竜大夫が、秘かに和歌山城代の加納五郎左衛門に呼ばれた。本陣の奥で、源六の休み処にあてられている部屋で、隣はその寝所だ。部屋には五郎左衛門と、その子息で葛野藩の城代となる加納久通の二人だけがいた。親子ともども、こたびの大移動の差配者だ。二人の顔は蒼ざめていた。

「――頼方《よりかた》さまのお姿が、どこにも見当たらぬ」

というのだ。

なるほど頼方になってからも、源六が屋敷を抜け出すのはお手のもので、赤坂の上屋敷でも〝前科〟があり、千駄ケ谷の下屋敷では枚挙にいとまがない。

それに、源六なら他の大名家の若さまや姫さまと違い、町場で欲しい物は銭がなければ購《あがな》えないことも、蕎麦《そば》一杯や草鞋一足の相場はもちろん、着ているものを古着として銭に換えられることも知っている。だからかえって五郎左衛門は狼狽《ろうばい》し、久通は蒼ざめているのだ。

「――このことは、家来衆には」

「――騒ぎになってはいかぬゆえ、部屋付きの数名の者しか知らぬ。口止めもしておる」

「――ふむ」

竜大夫がうなずいたのへ五郎左衛門は、

「――おぬし、落ち着いておるが、なにか心当たりでもあるのか」

あった。半刻《はんとき》（およそ一時間）ほど前だった。鳥井本宿から北国街道とは逆の、大《お》津《つ》方面へ向かう高宮宿《たかみやしゅく》とのあいだに配していた薬込役から、つなぎがあったのだ。

――土地の者が牽《ひ》く大八車を押している百姓風体の子供あり。十二、三歳か。気品ありて親子には見えず。誰何《すいか》はせず、高宮宿方向に行きたり
源六の顔を見知った者を街道筋に配置していなかったのは、竜大夫の迂闊《うかつ》というよりも、脱走などまったくの想定外だったのだ。薬込役の役務は、あくまで京より出張《でば》って来るかもしれない、土御門家の式神に対するものであった。

「――それでございましょう。さっそく高宮宿を重点に街道一円を探索いたしましょ

うぞ」

竜大夫が鳥井本宿の本陣で、一林斎に符号文字の文を認《したた》めたのはこのときだった。動きだせば、筆をとっての文など書けなくなり、それに外からでは早飛脚も発たせられない。

「して、首尾はいかに」

〝無事〟とイダテンは最初に言ったが、やはり成り行きが気になる。一林斎は上体を前にかたむけ、ロクジュも長い額をイダテンに近づけた。

本陣に源六がいないのでは、そこを警備する必要はない。竜大夫は極秘に、率いている薬込役すべてを街道や近辺の宿場の探索に投入した。そこにイダテンも入っていた。イダテンが源六の顔を一番よく知っている。だが、見つからなかった。判ったのは、鳥井本宿の古着屋が源六らしい少年から子供用の着物、帯、袴を買い取り、いい商いだったのでおやじが子供用の粗末な着物と帯をただでやったことだけだった。

その手法に、五郎左衛門も久通も竜大夫も、

「――さすがは源六君」

と、舌を巻いた。羽織を着て行ったのでは、葵の紋所がついている。古着屋のおやじは驚き、すぐさま本陣に問い合わせていただろう。それを源六は想定し、すぐには

足のつかないように気を遣《つか》っていたのだ。

「――捜《さが》し出すのは、容易ではないぞ」

竜大夫と五郎左衛門、久通は腹をくくり、翌朝早くには江戸より随行した十人ばかりの武士を残し、行列の本隊を久通の差配で越前へ発たせた。もちろん空駕籠を担ぐ陸尺《ろくしゃく》（駕籠舁き）には口止めし、行列の者はほとんどが事態を知らず、加納五郎左衛門もここより松平頼方の行列と離れ、和歌山へ戻るものと思わせた。

源六のほうとて、探索方の出張って来ることは想定していた。知らぬ土地で与太にからまれたとしても、十四歳とはいえ当代一流の剣術師範から指南されている。武術に当人も熱心だった。相手が数人なら、決して引けを取るものではない。袴は売り払っても、脇差はふところに収めている。

街道はもとより、高宮宿からその先の宿駅まで、薬込役が探索するのだから、旅籠の一軒一軒まで疎漏《そろう》はない。

だが、見つかったのはなんと源六が鳥井本宿の本陣を抜け出してから三日目、しかも竜大夫が探索の範囲を広げ、琵琶湖南端の瀬田《せた》の大橋も渡った大津だった。そこは東海道の京への入り口になる宿場であると同時に、石川《いしかわ》家六万石の城下町でもある。

人混みのなかに源六を見つけたのは、

「へへ。あっしでやして」

イダテンは言った。三日目ともなれば、道中に不案内な子供の足でも大津に入っていようとの目串《めぐし》をつけ、仲間の薬込役たちと分担を決め、受け持った町場を二人一組で歩いていた。いずれも町人姿だ。

午《ひる》の時分どきだった。すこし前方の一膳飯屋の暖簾から出てきた。くずれた髷《まげ》に着物を尻端折《しりはしより》にし、若者というより子供といった風体だ。

「——おっ。あれだ！　源六君」

「——よし」

二人は人混みのなかに源六を前後から挟むかたちをつくり、

「——源六さん、こんなところにいなすったかい」

「——えっ」

町人風体の者から不意に江戸口調で声をかけられて一瞬足をすくませ、つぎには駈けだそうとした。だがすでにイダテンが源六の着物の袖をつかまえている。

イダテンは低声で言う。

「——找しやしたぜ。江戸からお駕籠にずっとついて来やした、児島竜大夫の配下の者と思ってくだせえ」

「——薬込役！」

源六はつぶやくように言った。その存在は、身辺警護の必要から、すでに加納五郎左衛門から聞かされている。しかも、それらしき二人に前後をふさがれていることにも気づいた。

「——うーむっ」

源六は唸り、肩の力を抜いた。

「観念されたのでさあ。わしらの存在は、ご城代がかなり話されていたようで」

「そのようじゃのう」

イダテンの言に一林斎は相槌を打ち、ロクジュもうなずき、

「で、そのあとは」

さきを急かした。

城下の旅籠に一部屋を取り、五郎左衛門と竜大夫が駈けつけたのは、その日の太陽がいくらか西の空にかたむいた時分だった。大津宿の本陣に入らなかったのは、双方の身なりのせいよりも、源六の心情を解したからだった。五郎左衛門も竜大夫も、イダテンの配慮を是とした。

二人が駈けつけるまでに、イダテンは源六から三日のあいだのことを聞き出してい

た。

「まったく驚くじゃありやせんか、源六君にはわしら薬込役の探索を想定し、街道で土地《ところ》の者に道筋を訊き、湖岸に出て漁師の舟に乗せてもらい、それを乗り継いで大津に入ったっていうんでさあ」

「ほう。薬込役が裏をかかれたということだなあ。これはよい。アハハハ」

一林斎はさも愉快そうに笑い、同時に思った。

源六が知らない土地でも金銭をみずからつくり、湖岸で漁師と交渉をするなど、幼少に佳奈を連れ和歌山城下を町場から川原、海浜と駈けめぐった、

（賜物《たまもの》ではないか）

そのとき、世の仕組みを実地に教えたのは一林斎であり、冴だったのだ。

陽が落ちた。

まだ明るい。

「みなさま、夕飯はいかがなさいますか」

冴が待合部屋をのぞいた。

出前はしていないが、向かいの大盛屋から取ることにした。

「笑うのは早いですぜ」

と、イダテンの話はつづいた。

あとは大津の旅籠の奥部屋で、源六と五郎左衛門と竜大夫の鳩首となった。

「――わしは、越前には行かぬぞ」

源六は二人の大人を相手に、ごねにごねた。

理由などない。これまでの来し方すべてが理由なのだ。

これには五郎左衛門も竜大夫もお手上げになった。

というより、

（――解らぬではない）

と、逆に解する度量を、二人とも持ち合わせていた。

「で、源六君はいずれへ？」

ロクジュが問いを入れた。予想はついている。問いはその確認だった。

「へえ。近江から紀州へ、駕籠はご城代が乗られ、源六君は古着を尻端折のまま徒歩で、薬込役の同輩らが大番頭の差配で道中潜みとなり、大津を発ちやした」

それらを見とどけ、イダテンは飛脚姿を扮《こしら》え東海道を江戸へ走ったという。

「さあさ皆さん、夕の膳でございますよ」

「三人分はこちらへ置きますね」

冴と佳奈が出前持ちよろしく向かいの大盛屋から夕飯を運んできた。

「いやあ、これはご新造さん」

「佳奈ちゃんまで」

ロクジュとイダテンが恐縮したように腰を上げ、盆を受け取った。

外はいくらか暗くなりかけている。

話はつづいた。

「ならば、空《から》の駕籠は久通どのの差配でとっくに葛野に入り、源六君はもう和歌山のお城に着いていようなあ」

「おそらく」

一林斎が言ったのへ、イダテンは返した。

「あはは、あははは」

箸を動かしながら、ロクジュがこらえていた笑いを吹き出し、

「さっきから思うておりましたが、源六君が江戸を発たれるおり、千駄ケ谷の下屋敷ですんなり駕籠に乗られたは、すでに脱走を算段してのことでしたか」

「さよう。大番頭をはじめ道中潜みの薬込役一同もご城代も、あはは、まったく裏をかかれていたことになる。恐ろしいお方じゃ、源六君は。あははは」

「どうしたのですか、楽しそうに」

笑い声が大きかったせいか、佳奈が待合部屋をのぞきに来た。

「いや、なんでもない。ちょいと伊太さんから道中の話を聞いてなあ。それがなんとも愉快で」

「わっ、どんな話？　わたしも聞きたい」

と、佳奈が興味を持ったのには困った。一刻も早く聞きたいのは冴であろう。

イダテンとロクジュは赤坂に帰り、今宵のうちに上屋敷の勝手門を叩き、首尾を小泉忠介と氷室章助にも伝えることになろう。

その夜、佳奈が寝入ってから、

「ほほほほほほ」

淡い行灯の灯りのなかに、冴も愉快そうに笑った。実際、愉快だった。

佳奈が寝返りを打った。

声を落とし、言った。

「ですが、和歌山ご城内での源六君が心配です」

「儂《わし》もじゃ。向後、どうなるかのう」

一林斎は押し殺した声で返した。

三

——松平頼方《よりかた》様、葛野に入府されず、目下和歌山城内にてお暮らし

国おもてから五郎左衛門が走らせた大名飛脚が江戸藩邸に入ったのは、イダテンが霧生院の冠木門に走り込んだ八日後だった。

光貞はすでに知っていた。イダテンとロクジュが上屋敷の勝手門を叩いたあと、小泉忠介からそっと耳打ちされ、

「——まったく源六、いや、頼方め。鬼っ子よのう」

驚いたあと頬をゆるめ、つぶやいたものである。

国おもてからの文は、当然奥御殿にも知らされた。

「そういうことでおじゃったのか」

「思いもよらなんだことにござりまするなあ」

腰元たちを遠ざけた部屋で、安宮照子と久女は額を寄せ合った。埋《うず》め鍼《ばり》はまだ心ノ臓に達していないようだ。

奥御殿にも、松平頼方に関する密書はあった。京の土御門清風からだ。

――道中にて行列の消息つかめず、近江にて確認するも討つには至らず、越前葛野における消息は目下定《さだ》かならず

土御門家からの文はさらに言っていた。

――今しばらく猶予をいただけまするよう

その文面に接したとき、

「――猶予をとあらしゃったとて、大名になってしもうたでは、もう如何《いかん》ともしがたいではおじゃらぬか」

「――さようにござりまする」

照子と久女は溜息をついたものだった。

そのような悶々《もんもん》としたなかに、国おもてからの大名飛脚が江戸藩邸に入ったのだ。

「紀州の薬込役とやら、葛野では防御もままならぬと思うたのでござりましょうか」

「ふーむ。いずれにせよ、あの小童《こわっぱ》一人の……」

久女が溜息まじりに言ったのへ、照子は俗な言葉を遣《つか》い、

「知恵ではおじゃりますまい」

「と申されますと？」

「城代の加納五郎左衛門じゃ。あの者の差し金に違いおじゃらぬ。かつて徳川どのが

大坂の豊家《ほうけ》を滅ぼされたみぎり、外濠《そとぼり》を埋めてからと聞き及んでおる」

「えっ。ならばご簾中《れんちゅう》さまは、まさか……」

思わず久女は照子の老いた顔をのぞき込んだ。むろん、久女も老いている。

「さよう。目障りな五郎左衛門さえ取り除けば、残る小童一人など……」

「ならば、清風さまへさように文を認《したた》めまするか」

老女二人の部屋に、緊張の糸が張られた。

（あくまでも）

というのなら、それは的をはずれた策ではない。

かつて勢力を張った和歌山城内の大奥に、いまは照子の息のかかった腰元も、さらに京より遣わされた女式神もいない。

（そこへ五郎左衛門は、松平頼方をかくまった）

照子が考えたのも無理はない。城代の加納五郎左衛門さえ排除すれば、

（あの小童の外濠を埋めたも同然）

その数日後だった。京では土御門清風が、御所の今出川御門内に構える、関白・近衛基熙《もとひろ》の屋敷に呼ばれていた。

「当然そなたも、聞いておじゃると思うが」

「ははっ」

大紋姿の基熙に、神職姿の清風が恐縮したように畏《かしこ》まっている。

もとより基熙は、伏見宮家の出になる安宮照子が、婚家の紀州徳川家に生じた〝下賤の血〟を排除しようとしていることには、

「──武家に京の威光を見せつけるためにも」

と、肯是《こうぜ》の意を示していたが、そのために打った策がことごとく薬込役に粉砕されるにいたっては、

「──こうも手間取り、結句が京とお江戸の諍《いさか》いになっては困りますよってなあ」

と、安宮照子を諫《いさ》めようとしはじめている。

その変化を、清風は感じ取っている。心ノ臓が高鳴る。

恐縮する清風に、基熙は言った。

「照子はんが排除しようとしてはったお行列や。道中、何事もなかったそうやなあ。それに松平頼方とかや、如何《いか》な仁《ひと》や。拝領地やのうて、紀州のお城に入ったというやおへんか。武家のお城がどないに強固かは、照子はんが一番よう知っておいでのはずや。ものごとには潮時いうもんがおじゃりますやろ。そのところ清風はんからも照子

はんに味《あじ》よう言うてやるのが、親切というもんやおじゃりまへんか」

「はーっ」

清風は平伏した。渡りに船だった。これまで安宮照子の要請で、幾人の式神を喪《うしな》ったであろうか。土御門家にとっては近来稀《まれ》に見る痛手であり、大打撃であった。

(もうそろそろ幕を引きたい)

思いはしていたが、源六が生まれた十三年前、〝殺すべし〟と卦を立てたのは自分なのだ。だから、

(吾《われ》から照子どのに切り出すことは……)

戸惑いがあったのだ。

だから照子への文にも、〝しばらく猶予を〟と認めたのだ。それは退《ひ》きたいための時間稼ぎだった。

そこへ関白からのお言葉があった。平伏から顔を上げ、

「御意のとおりに」

返した。

だが、

——和歌山城下にて、城代を……

江戸上屋敷の奥御殿より飛脚が土御門家の正面門に走り込んだのは、それからすぐのことだった。

薬込役がこぞって警護する源六を、狙うのではない。城下の視察に、いつも数名の家来を随えて出張っている城代家老を狙うのだ。それなら、

(できぬことではない)

ふと清風の脳裡をよぎった。

「和歌山で、いかにお過ごしでしょうかねえ」

「そりゃあもう、源六君に葛野藩三万石が狭すぎるなら、五十五万五千石のお城とはいえ、城内だけじゃさらに狭かろう」

「うふふ。ご城代はきっと、気の休まらぬことでありましょうなあ」

「いや。のんびりされておいでかもしれんぞ。源六君はもう十四歳、以前のように無鉄砲な子供ではないゆえなあ」

神田須田町の霧生院で、一林斎と冴は話していた。

城内では城代家老の加納五郎左衛門の目があり、城下に出ては薬込役大番頭の児島竜大夫が配下を随所に配し、警備に疎漏はない。

そのようすを知るためにも、また新たな下知を受けるためもあり、イダテンがふたたび飛脚姿で紀州に向かった。

帰って来たのは元禄十年（一六九七）も真夏の水無月《みなづき》（六月）に入り、それも半ばになったころだった。

大津から五郎左衛門は権門駕籠に、源六は着物を尻端折に紀州へ向かったが、和歌山城下に着いてからもそのままだった。周囲に見えつ隠れつついていた竜大夫も、

（――まったく変わった御仁よ）

苦笑したものである。

が、城下の町並みに入ってから、

「――おっ」

緊張というより驚いた。

ざんばら髪で尻端折のまま、不意に駕籠の列を離れ、走りだしたのだ。

「――御家老、それがしが」

竜大夫は駕籠に声を入れ、配下数人とあとにつづいた。

行く先はすぐに分かった。

かつて一林斎と冴が佳奈を育てていた、城下潜みのあの薬種屋だった。

「——佳奈ぁーっ。帰ったぞー。いるかーっ」

駆け込んだ。だがいまは、他の薬込役の家族が入っている。その者は小汚い形《なり》の小童に驚いたが、すぐさま竜大夫が裏手から入り、あるじを呼んで下知した。おもてではおなじ薬種屋でもようすの変わったなかに、

「——あれ!? 一林斎のおじさんは、冴のおばさんは? 佳奈は……? みんなどこへ行ってしもうた」

あれから六年の歳月がながれている。店場の土間で戸惑い、泣きそうな顔になったところへあるじがふたたび出てきて、

「——ああ。あの家族なら、他所でもっと大きな商いをするというて、引っ越したぞな。もう何年も前のことや」

「——えぇえ! どこへ、どこへや」

「——知りまへんがな、そんなこと」

「——佳奈ぁ」

源六はなかば泣きべそをかき、全身から力が抜けたように外へ出た。実際、力が抜け、足がふらついていた。大津からも駕籠に乗らず、ざんばら髪の尻端折でお国帰り

したのは、このためだったのだ。

商舗《みせ》の外だ。

竜大夫が立っていた。

「──そういうことです。さあ、参りましょう」

「──あぁ」

素直に従った。一林斎の後釜の薬込役は、いまのざんばら髪の小童がかつての源六こと松平頼方さまだとあとで聞かされ、仰天することだろう。


真夏の炎天下に冠木門に駈け込んでもさほど汗をかいていないのは、さすが薬込役のなかでも俊足自慢のイダテンである。

「大番頭は克明に話されたわけではありやせんが、薬種屋からの帰り、源六君は見るも憐《あわ》れな風情だったとか」

それだけで一林斎と冴には、そのときの場面が克明に想像できた。

「そのせいでやしょうか、源六君は大番頭とご城代の差配へ従順になられ、ひとまずご城代の屋敷へ落ち着かれ、そこで身づくろいをととのえて駕籠に乗り、堂々とお城の大手門を入られた由にございやすよ。その後はいまに至るも、従順なままでおわすとか」

「ふふふ。従順というより、しょげかえったままと言ったほうが当たっているのでは」

一林斎は頬をゆるめて言ったが、目は決して笑ってはいなかった。むろん、冴も同様である。

佳奈はいま、患家へ薬草をとどけに行き、霧生院にはいなかった。

「それから、新たな下知でやすが」

「それよ。いかように」

患者のいなくなった療治部屋である。一林斎は上体を前にせり出し、冴も粉薬を包んでいた手をとめた。

「源六君はおそらく越前に行かれることはあるまい、と。したが、葛野藩主として参勤交代の責があるゆえ、向後一年置きに江戸住まいとなり」

「そりゃあそのとおりじゃ」

返した一林斎の言葉に明るさがこもっていた。

「そのときは千駄ケ谷の下屋敷が葛野藩の上屋敷になろう、と」

「それが一番ようございます。葛野藩のご政道は、加納久通さまにそつなくやっていただけましょうから」

「さよう」

冴が言ったのへ一林斎が相槌を打った。

「それで大番頭さまは、江戸潜みの陣容はいまのままで変化なく、とあらためて下知なさいやした」

「あらあ、伊太のおじさん。また飛脚のような」

薬草籠を小脇に帰ってきた佳奈が、庭から療治部屋の縁側へ走り寄ってきた。

四

ひところの猛暑は峠を越し、江戸はむろん紀州でもホッと秋を感じる日もある文月《ふづき》（七月）に入った一日だった。

京ではまだ蒸す日がつづいている。

金剛杖《こんごうづえ》を手にした白装束の雲水が一人、京の梅小路《うめのこうじ》で立ちどまり、手甲で額《ひたい》の汗をぬぐい、フッと一息ついた。

戦国の世では旅の雲水や歩き巫女《みこ》などが敵情視察の任を負い、あるいは忍者やくノ一らがそれらに扮していた。イダテンが街道を走るのに飛脚姿を扮《こしら》えたのも、そのながれである。

ならばいま、京の梅小路で一息ついた雲水も、見る者が見ればおなじながれの者と分かるだろう。しかも梅小路となれば、土御門家の式神ということになる。行雲流《こううんりゅう》水《すい》の雲水姿を扮えた式神は、いま紀州より戻ってきたのだ。

その者は蟬《せみ》しぐれのなかに、土御門家の正面門をくぐった。

清風は待ちかねていた。

すぐさま雲水姿は母屋の裏手の出入り口から部屋に通された。

「して、いかがであった」

「頼方さまはときおり城外へ。ただしそのつど衣装は異なり、供の者は少人数なれど時が一定せず、目的も不明にて追跡は困難にございます。さらに薬込役の目がきわめて厳重なれば、直接の襲撃は生還を期しがたく……」

「ふむ。江戸の紀州家下屋敷のときとおなじやな。それはもうよい。江戸の照子どのからも、その要請はすでにない」

部屋には清風と雲水姿の二人しかいない。

話はつづいた。

「で、城代家老の加納五郎左衛門は？」

「綿密に調べましてございます。城を出るのは不定期なれど権門駕籠にて一目で分かり、城下の見まわりと思われます。そのおりの当人の嗜好《しこう》も調べてございます」

「ほう。嗜好とな」

「それにつき、城下の料亭数軒に下男ならびに下女として式神を入れており、目下そつなく奉公いたしおります」

「ふむ。それでよいぞ」

「決行のご下知を」

「それよ。すでに用意はととのうておるではないか」

「御意」

「ならば、機会あるときをもって決行の日とせよ。場所は城下、私邸を問わず、ただし仕掛け人が生還し得るを本分とせよ」

「はーっ」

雲水姿の式神は平伏し、清風はふとつぶやいた。

「照子はんのおかげで、多くの式神を喪《うしの》うてしもうた。向後の回復も難しい」

「いかさま」

雲水姿の式神も、つぶやくように返した。

土御門家の広大な庭に、蟬しぐれは鳴りやまない。近ごろは庭でも、剣戟《けんげき》による打ち込み修錬はなされていないようだ。もっとも、刀や卍《まんじ》手裏剣、爆裂玉での打ち込みばかりが式神の作法ではない。庭に蟬しぐれが聞こえるからといって、式神たちが修錬をしていないわけではない。

児島竜大夫は、京の土御門家への監視網を解いていた。だから、和歌山城下を徘徊《はいかい》していた雲水が、土御門家に入ったことも把握していない。監視していたとしても、そこに出入りする者は公家に武士、商人に托鉢姿に職人姿、行商人姿と多く、しかも雲水は笠をかぶっており、気がつかなかったであろう。監視はあくまで、街道で行列を襲うべく多人数がくり出すのを把握するためだったのだ。

和歌山城下では雲水姿の式神が見立てたとおり、お忍びで城下へ出る源六の周辺に薬込役が潜み、その護りは堅固であった。

「――ふふふ」

それを見通した雲水姿の式神は、笠のなかで不敵に嗤《わら》ったものである。

文月（七月）もなかばになったころだった。

「源六の兄《あん》ちゃんも、こうして水遊びなどしているかねえ」

冴と柳原土手から神田川の川原に降り、脛《すね》まで水に浸かって菱《ひし》の実《み》を採取しているとき、ふと佳奈は言った。

「なにを言っていますか。これは遊びではありませんよ」

「そりゃあそうだけど」

それだけだった。だが冴は、佳奈の口から源六の名が出るたびにドキリとする。源六もすでに遊びではなく、馬の遠乗りなどで紀《き》ノ川《かわ》の川原や土手道を疾駆していることだろう。そのたびに、

(佳奈、いったいどこへ)

思い起こしているはずだ。

篭《かご》にはもうかなりの菱がたまっている。実を日干しにして食べれば滋養に効き、煎じて飲めば健胃や二日酔いに効く。さらに殻《から》は、撒き菱になる。

「あ痛たたたっ」

紀ノ川の川原で馬を下りた源六は悲鳴を上げた。朝駈けで川原に出て、かつて佳奈を連れて遊んだ水の流れに、足を浸したくなったのだ。

「いかがなされた」

馬を下り駈け寄ったのは竜大夫だった。供は竜大夫一人だ。もっとも、源六の目に入らぬところに、幾人かの薬込役は出ている。それに、飾り立てた馬に乗っているわけではなく、絞り袴も筒袖も地味な木綿《もめん》のものをつけており、顔を知らなければそれが源六君であり、松平頼方さまであることに気づく者はいないだろう。

「菱じゃ。菱の殻を踏んでしもうた」

「ほう。ほんとうじゃ。気をつけなされ。これが戦場《いくさば》ならなんとなさる。それに、菱に毒でも塗ってあったなら、いまごろはお陀仏《だぶつ》ですぞ」

「ああ、分かっておる。ちょいと川の水が恋しゅうなっただけじゃ」

草鞋《わらじ》越しに踏んだだけだから、刺さりはしなかったようだ。菱を流れに投げ捨てると、そのまま浅瀬にジャブジャブと入っていった。

その帰りである。

城下はずれで五郎左衛門の駕籠と出会った。木綿の衣装に、五郎左衛門が駕籠から出て片膝をついたのではかえって不自然だ。そこは源六も心得ている。源六のほうから馬を下り、

「爺、どこへ行くぞ」

声をかけた。

竜大夫も馬から下りた。

五郎左衛門は駕籠の網代窓《あじろまど》を開け、

「あはは、ご精が出ますなあ。わしはちょいと今年の稲の出来具合を見にな」

あたりの田に稲穂はまだだが、緑の葉が広がっている。

「それならわしも見た。まずまずのようじゃ」

「そのようですなあ。では御免」

五郎左衛門は網代窓を閉め、地につけていた駕籠尻が浮いた。お供の武士は三人だがいずれも加納家の用人と若党であり、陸尺と挟箱持の中間《ちゅうげん》も加納家の奉公人で、薬込役は加わっていない。

「さあ、われらも」

竜大夫は馬に乗り、源六もそれにつづき、歩を進めた。

そのとき竜大夫は、方向からいって町のほうから出て来たと思われる、大きな風呂敷包みを背負った行商人風の男が、往還に立ちどまっているのに気づいた。

（はて、面妖《めんよう》なやつ）

思いながら、先を行く源六のあとにつづいた。

前方に人がいたのでは早駈けはできない。

源六はゆっくりと馬を進めている。

男はもう目の前だ。

竜大夫はさりげなく、すぐさま抜刀し前面に駈け出る腹づもりをととのえ、源六に合わせ、ゆっくりと馬の歩を進めた。

男は身を脇に寄せ、源六はその前を通り過ぎた。男に殺気どころか緊張も感じられず、腰に脇差も差していない。笠をかぶったまま、源六になんの興味も示さない。

だが、まだ気は抜けない。背後から不意打ちという手もある。安楽膏なら、手裏剣ほどの刃物があればこと足りる。

竜大夫の馬が、男の前にさしかかった。

男は笠の前を上げて顔を見せ、軽く一礼した。町人の、往還で武士に出会ったときの、ごく普通に見られる礼だ。ということは、前を行った若侍をまだ子供と見たのだろうか。

通り過ぎた。

馬の歩幅で数歩進んでから竜大夫はふり返った。

男は竜大夫らに背を向け、歩み出している。その前方に五郎左衛門の駕籠の一行が見える。男は前を向いたまま、竜大夫らにふり返りもせず、駕籠に合わせたようにゆっくりと歩をとっている。

そこに不自然さはない。行商人なら速足のはずだが、前方の一行は権門駕籠だ。追い越すのを遠慮しているだけに見える。男と権門駕籠の向かう先にも村があり、そこへ向かっているとすればなんら怪しむところはない。農村と漁村が隣り合わせて一つの生活圏をつくった、領内では比較的大きな集落だ。源六と竜大夫はさきほど、そこを抜けてきたばかりなのだ。

竜大夫はようやく緊張を解いた。

「いかがした。疾《と》ばすぞ」

「望むところっ」

源六の声に竜大夫は応じ、馬蹄の音が大きくなり、二頭の馬は土ぼこりとともにみるみる行商人と五郎左衛門の権門駕籠の一行から遠ざかった。

行商人は初めてふり返り、

「ふふふ」

不気味な嗤いを洩らした。

太陽が中天にかかるには、まだすこし間がある時分だった。

このすこしあとだった。城下の料亭から、篭を背負った下男が一人、また他の料亭からも下女が一人、篭を背負って出た。二人とも厨房《ちゅうぼう》で言われたとおりかどうかは分からないが、源六と竜大夫が五郎左衛門の一行と出会った田舎道に入った。

時間がわずかにずれ、竜大夫がその二人を目にすることはなかった。出会っていたとしても、二人ともそれぞれの料亭の半纏《はんてん》をつけており、素性は明らかだ。

実際、源六の警備についていた薬込役の一人が下女のほうを目にしたが、なんの変哲もない姿であり、竜大夫に報告はしなかった。報告があっても、竜大夫とて単なる野菜の買い出しと解釈し、気にはとめなかっただろう。

五

五郎左衛門の一行は、紀ノ川に沿った、農民と漁民が隣り合わせて暮らす村に入っていた。

村では城代家老が来るのは珍しいことではない。五郎左衛門も庄屋の庭に入り、縁側に腰掛けて茶の馳走に与《あずか》っても、座敷に上がって接待を受けるようなことはしない。刈入れのときや漁の多いときなどは、五郎左衛門に言われ中間たちが手伝ったりもする。村人もそれを心得ており、城代家老が来たからといって日々の営《いとな》みに支障をきたすことはない。

かつて源六と佳奈も一度、一林斎に言われ小さな体で束立《つかだて》の稲運びや、岸辺に放り上げた鮒《ふな》を拾い集めるのを手伝ったことがある。幼かった二人にとって、そのときの手や足や肩に受けた感触が懐かしいものとして残っているはずだ。

さきほど竜大夫と馬で通り過ぎたおり、出会った村人たちは、

「――ほう、あのときの坊《ぼん》。大きゅうなりやったなあ」

と、軽く会釈していた。

いつものように、五郎左衛門とお供の武士たちは縁側に腰掛けて茶を飲み、陸尺と挟箱持の中間たちも庭の隅にたむろし、茶の相伴に与っている。

その庭へ、さきほどの行商人が村への商いの挨拶《あいさつ》に入って来た。行商人は武士がいるのを見て、いくらか戸惑ったふりをし、

「ほう、古着の行商か。精が出るのう」

「へえ」

縁側からかけられた声に軽く会釈し、そばにいた庄屋に、

「まいど。きょうもこの村をまわらせてもらいとうて」

「おうおう、遠慮のう稼いでいきなはれ」

と、庄屋が応じているところへ、城下の料亭の下男と下女が前後するように入ってきた。

「おぉう、あんたら。きょうも買い出しかね」

「へえ。よろしゅう」

「いっぱい買《こ》うていってくんなはれや」

「へえ、もう」

庄屋はそれらとも言葉を交わし、

「旦《だん》はん。すんまへんなあ。水筒にちょいと裏の井戸の水を汲ましてくれまへんか」

「いつものことや。さあ」

行商人が言ったのへ裏手のほうを手で示し、

「あ、お中間はん。あんたらもどないだす」

「そやそや。挟箱に水筒が入っていたら、このお天道《てんとう》はんや。生ぬるうなっとんと違いますか。入れ替えはったら」

「おう、そやな」

行商人が庭の隅にたむろしている中間たちを誘ったのへ料亭の下男がつなぎ、中間たちが応じると、

「ほなら、うちも手伝いまひょ」

料亭の下女も応じて下男と一緒に、中間たちが挟箱を裏手の井戸に運ぶのを手伝った。といってもそう大きなものではなく、手をかけているだけだ。

五郎左衛門は微笑みながら、それらを見つめ湯呑みを口に運んだ。

裏手の井戸から水音が聞こえてきた。竹筒《たけづつ》の水筒の水を入れ替えているのだろう。

ふたたびおもての庭に出てきた行商人は、

「ほな、わてはこれで」

と、縁側に一礼すると、

「わてらも」

料亭の下男と下女もつづき、それらは庭を出ると思い思いの方向に散って行った。

「いいものじゃのう。下々《しもじも》の者が互いに声をかけおうて」

五郎左衛門は目を細めて湯飲みを干し、

「邪魔したのう」

腰を上げた。供の武士も中間たちも一斉に動く。

太陽はちょうど中天にかかっていた。

「またのお越しを願いまする」

庄屋の家族や奉公人たちも庭に出て見送った。

五郎左衛門は駕籠には乗らずに先頭を歩き、紀ノ川の土手道から草叢《くさむら》のまばらな川原に出た。茂っているところでは蛇が出て、なかには蝮《まむし》がいるかもしれない。

「このあたりにするか」

腰をおろすと、野外であるせいか武士も中間も無礼講に円陣を組んで座り、挟箱が開けられ、さっき冷たい井戸水に入れ替えたばかりの竹筒の水筒も出された。野外での中食《ちゆうじき》である。

それぞれの方向から、さきほどの行商人と料亭の下男と下女が身をかがめ、窺うように見つめている。雲水姿の式神が土御門家の屋敷で〝当人の嗜好《しこう》も〟と言ったのは、このことだった。

五郎左衛門は城下の視察に出たとき、屋敷で用意した弁当を奉公人らと野外で無礼講につつくのが〝嗜好〟だった。奉公人たちもそれをよろこんだ。城代家老も用人も駕籠舁きの陸尺もすべておなじものなのが、奉公人たちにはことさらに嬉しかった。それが中間たちの挙措《きよそ》からも看《み》て取れる。

いま遠くからその無礼講の場を見ている古着の行商人は、すでに言わずもがなであろうか、あの日の雲水姿の式神である。

談笑のなかにそれぞれの箸が動き口の動いているのが見える。

川原の窪《くぼ》みや樹木の茂みに身を潜める三人は一様に、

(まだか)

固唾《かたず》を呑んでいる。

声は聞こえない。

だが、仕草で分かる。

「おい、水を」

「はい。ご家老のは」

若党が挟箱から竹筒を取り出した。

他の者もそれぞれのを手にした。

見つめている三人の心ノ臓は高鳴った。

五郎左衛門の竹筒が動いた。……口に向かって。

つぎの瞬間だった。

「うううっ」

五郎左衛門は手から竹筒を落とし、胸を搔《か》きむしりはじめた。

「ご家老！　いかがなされたっ」

言った用人も、

「ううっ」

さらに若党が一人、身を伏せ苦しみはじめた。七転八倒と言ってよい。

「どうなされた!」

「まさかっ、この水!!」

「医者だっ。医者を」

川原は修羅の場となった。

遠くから見つめていた三人の姿はその場から消えた。中間が庄屋の家に走り、さらに町場に走ろうとしたときには、すでに五郎左衛門たちが息絶えていることを三人は知っている。

「なんと!」

城下で知らせを聞いた竜大夫は驚愕し、ただちに配下を引き連れ現場へ走り、生き残った若党や中間、さらに庄屋やその家族、奉公人らから経緯を聞き、一円に薬込役たちを走らせたが、三人の姿はもうどこにも見られなかった。

むろん、二軒の料亭にも探索の手を入れた。帰っているはずはない。料亭の者はただ狼狽《ろうばい》するばかりだった。

遺骸が城に運ばれるよりも早く源六は現場に馬を駆り、

「爺イ！　爺イ！」

物言わぬ五郎左衛門に取りすがって泣きに泣いた。

夕刻に至った。お城では、葬儀の用意をする以外になかった。

六

早《はや》の大名飛脚は昼夜を問わず、人を替え走りつづける。

走った。

「それでは遅い！　早馬を立てよ」

その日のうちであった。城下の薬込役組屋敷から一頭の馬が走り出た。むろん、馬は幾度も乗り換えられる。馬上の者は、紀州藩徳川家家臣の手形を持っているが、武士とも町人ともつかぬ身なりを扮《こしら》えている。

やはり、馬のほうが早かった。

三日後の陽が落ちてからだ。

「わっ、なに！」

暮れかかった庭にいきなり駈け込んできた馬に佳奈は驚いた。

「なにごと」

一林斎も冴も庭に飛び出た。

馬からころげ落ちるように下りた薬込役は無言であった。

『大番頭よりーっ』

言ってはならぬと竜大夫から命じられている。佳奈が最初に庭へ飛び出してくることを、竜大夫は想定しているのだ。

無言であっても見知った顔である。一林斎も冴もただならぬ事態を覚《さと》り、

「冴！　急患じゃ。療治部屋へ。佳奈、留左をここへ」

「はい」

一林斎に言われ、佳奈は下駄の音をけたたましく立て冠木門を走り出た。

急使はイダテンやヤクシ、ロクジュらとおなじ二十代の若い薬込役だった。ハシリといった。イダテンと走りの競争をさせれば、いい勝負の若者である。

療治部屋に担ぎ込まれたハシリは、

「まずはこれを！」

初めて口を開き、ふところから書状を取り出した。

開いた。むろん符号文字である。

冴が湯をハシリに用意しているあいだに一林斎は目を通した。興奮が覚めやらなかったのか、

――抜かった
符号文字が躍り、読む一林斎も愕然とした。

だが、

――源六君は無事
ホッとするものも得た。

あとの文面には、奥御殿の動きを注視するとともに、照子に打った埋め鍼の効果はまだかとの催促まで記されている。これればかりは急かされても応えられない。きょう効くか半年後か、一林斎にも分からないのだ。

――仔細《しさい》はハシリより
最後に記されている。

「へへえ、なんですかい。急なお呼びとは」

嬉しそうに留左が庭に入ってきた。もちろん佳奈も一緒だ。

「おぉ、留。いまからすぐ佳奈と一緒に赤坂に走り、印判の伊太さんを呼んできてく

れ。この患者、伊太さんの知り人でなあ」

「なんならあっしも？」

「なんならあっしが一人で」

「だめだ。おまえ一人じゃ、遊びの誘いかと思われるじゃないか。これはまじめな話なのだ」

その言葉に留左は苦笑したが、

（やっぱり、わたしでなきゃあ）

佳奈は誇らしい気分になり、屋内に入り提灯を持ってきた。

「おまえさま」

冴は怪訝そうな口調で言ったが、すぐに一林斎の意を解した。留左を薬込役の用に使いたくないが、なにやら重大事のようだ。それにこのあと、ハシリの口からどんな内容が飛び出すか分からない。〝源六〟の名が連発されようか。佳奈に聞かせてはまずい。それにこの時刻なら、赤坂の町場を佳奈が歩いても紀州藩士の目にとまらず、すれ違っても暗くなっていて顔は見えないだろう。かといって、夜分に佳奈一人を走らせるわけにはいかない。

「へい。佳奈ちゃん、行きやしょう」

身につけている。


「はい、留さん」

一緒に走り出ようとする佳奈に、

「これを」

冴は憐み粉と飛苦無《とびくない》を数本持たせた。すでに佳奈も、護身用としてそれを使う技は身につけている。

「初めて拝見しました。あのお嬢が佳奈さまで」

「これ、ハシリ。過ぎまいぞ」

「はっ」

ハシリは恐縮したように口を閉じた。

冴が煎じた枇杷葉湯《びわようとう》が効いたか、さっきまで息せき切っていたのが収まっている。

ハシリはあらためて咳払いをし、話しはじめた。

「な、なんと！」

その内容に冴も愕然とし、一林斎は話の進むのにしたがい、

「ううっ」

手足の震えるのを、懸命に堪《こら》えようとする表情になった。

ハシリも竜大夫の差配で現場の川原に走った一人だ。話す内容は詳しく、すべてが

式神の仕掛けであったことを示している。

「大番頭さまは、いまは報復より防御を固め、〝敵〟の出方を見極めるが肝要、と」

ハシリの言葉に、一林斎も冴も無言でうなずいた。竜大夫の指示に理はある。敵はいつのまにか標的を変えていたのだ。そこに竜大夫も一林斎も気がつかなかった。

話の進むなかにかなりの時間が過ぎ、すでに外も内も暗くなっていた。

冴が行灯に火を入れた。懸命に涙を堪えている顔が浮かんだ。

提灯をかざした町駕籠が、冠木門を入ってきた。さすがに佳奈は疲れたか、イダテンが気を利かせたのだ。佳奈が駕籠からころがり出た。

「へへ。呼んで、参りやしたぜ」

提灯の灯りとともに伴走してきた留左が庭先から、まだ雨戸を閉めていない縁側に声を入れた。

「おぉお。急病人たあ、おめえだったかい」

「いよお、久しいぜ」

佳奈と留左の前だ。イダテンとハシリは言葉を交わし、一林斎が、

「さあ、もう大丈夫だ。積もる話は道々にして、今宵は伊太さんの長屋に泊めてもらえ。具合が悪ければ、また診《み》ようて」

早く赤坂へ帰り、小泉忠介や氷室章助たちにこのことを知らせよとの下知である。

「ありがとうございやした。馬はあしたにでも、品川宿の伝馬を扱っている問屋場に連れて行っておきまさあ」

ハシリは轡《くつわ》を取り、イダテンは走って来たばかりというのに縁側にも上がらず、その場できびすを返した。すでになにごとかを感じ取っている。帰りの道々に話を聞き、仰天することだろう。その内容は今夜中に小泉や氷室を通じ、光貞の耳にも入るだろう。

「へへ。お役に立てましたかい」

「もちろんですとも」

冴に言われ、留左は上機嫌で提灯を手に長屋へ帰った。

「トトさま、カカさま。なにかありましたのか」

さすがに佳奈は、一林斎と冴の異状に感づいていた。

「さっきのお人がね、自分の病気よりも、わたしたちも知っている人が死んだって話をしたの。初耳だったから、カカさんもトトさまも、もう驚いて」

「そお、そうだったの」

漠然《ばくぜん》とだが、佳奈は得心したようだ。

その夜、一林斎も冴も寝床に入ってから涙がとまらず、ただ懸命に嗚咽《おえつ》を抑え、それは朝までつづいた。

早飛脚が上屋敷の正面玄関に走り込んだのは、翌日のまだ明るいうちだった。光貞は狼狽しなかった。昨夜のうちに小泉忠介から詳細を聞かされている。そのときは絶句したものだが、さすがは五十五万五千石の太守か。きょうの朝早く、

——騒ぎ立て無用。通常の死として葬儀を算段せよ

早飛脚を国おもての重役たちに立てた。むろん宛名には児島竜大夫の名もある。

国おもてからの文は、城代の加納五郎左衛門とその奉公人二名の〝急死〟が、ただ事務的に記されていた。重役たちが早《はや》の大名飛脚を立てたのは、三人もの同時の死に不審をいだいたからだった。

ということは、薬込役と陰陽師たちとの闘争は、おもてにはまったく知られていなかったことになる。すべては加納五郎左衛門と児島竜大夫のみの、秘かな差配だったのだ。

文の内容は、奥御殿にも〝焼香あるべし〟との光貞の言葉とともに知らされた。まだ夕餉前だった。

「ほほほほ、久女や。清風どのはやってくれましたぞえ」

「まっこと、ようやく一歩前に進んだ思いにござりまする」

照子と久女は膝を突き合わせ、秘かに笑みを洩らした。

照子は言った。

「さあて、つぎなる仕掛けにおじゃるが、ゆっくりと、急ぐことはおじゃるまい」

「御意にござりまする。童《わっぱ》であってもお大名はんとあれば、慎重に策を講じ、くれぐれも慎重に」

「さよう。慎重にのう。ほほほほほ」

祝い事とはいえ、それが〝喪〟とあれば夕餉の膳に酒《ささ》の添えられないのが、二人には物足りなく感じられた。

七

奥御殿に動きがあれば詳しく竜大夫に知らせるため、ハシリはしばらく江戸に滞在し、赤坂のイダテンの長屋に、

「あっしの兄弟分みてえなもんでやしてねえ」

と、居候することになった。実際、兄弟分のようなものである。

ロクジュはすでに、千駄ケ谷の掘っ立て小屋のような家作に戻っている。ハシリの訪問を受け、ヤクシともども驚愕し、緊張したものであった。その緊張は、いまも解いていない。

第二報目の文が霧生院の冠木門に入ったのは、早飛脚が上屋敷に駈け込んでから六日目のことであった。この間、一林斎ら江戸潜みの者にとって、おもて向きは関係のない紀州藩お国家老の死に、喪に服せないのが辛かった。そのせいか符号文字であっても、竜大夫の筆跡に懐かしさが感じられた。

文によれば、国おもてでは、急死ではあるが三名とも〝病死〟として扱い、葬儀の場でも背後に式神の動きがあったことなど微塵《みじん》も見せなかったようだ。だから村の庄屋や町場の料亭が咎《とが》められることは一切なかった。あの日、現場を仕切ったのが薬込役だったからこそできた芸当であったろう。

さらに日は一日一日と過ぎて行った。

小泉忠介も奥御殿とのつなぎ中間である氷室章助も、下屋敷から奥御殿に憐み粉を運ぶヤクシも、照子と久女に通常と異なる動きは見いだせなかった。

「うーむ、面妖な。大番頭へなにもなしと報告するなど、物足りんわい」

居候のハシリがイダテンの長屋で退屈そうに言ったのは、かなり秋の気配を感じる葉月《はづき》（八月）に入ってからだった。

その日もハシリがイダテンの長屋であくびをし、

「ロクジュのところへ行って、際物師のやり方でも習《なろ》うてくるか」

「ほう、それがいい。おめえ、印判彫りの見習いより、外を動きまわる際物師のほうが合っているぜ」

イダテンがなかば真剣に言ったとき、上屋敷の中奥で、小泉忠介は奥御殿から伝わってきた、にわかに信じがたい消息に仰天していた。同時に、藩邸内がしだいに慌ただしくなってきたのを感じた。

小泉忠介が聞いた第一報は、中間姿の氷室章助が急ぎ中奥の庭に来て、そっと耳打ちしたものだった。

「きのうの夕刻も、いつもとお変わりなく奥庭に出ておられるのを遠目に拝見したのですが」

氷室は第一声に言った。まだ朝日が庭一面を照らしている時分だった。

「どうやら、ご簾中さまが身まかられたようです」

「なんだって」

小泉は氷室を庭先に待たせ、部屋に戻って光貞に確かめた。訊くまでもなかった。奥御殿の腰元たちが中奥に慌ただしく出入りしはじめ、小泉もその場で待機を命じられた。だがすぐさま縁側にとって返し、

「間違いないようだ。すぐハシリとイダテンに」

小泉は言うなり部屋に戻った。

そのあとすぐだった。

ハシリが神田須田町に駈け、イダテンは千駄ケ谷に走った。いずれも町人姿に尻端折だ。

一林斎は佳奈を薬籠持に、患家の往診に出ていた。

療治部屋には冴がいる。

「あのう、ちょいと急な用でして」

庭から声をかけ、冴は縁側に出て来た。

「えっ」

知らせを聞いた冴の表情は緊張の色を刷《は》いた。冴と一林斎、児島竜大夫しか知らない埋め鍼の効果が、

（出たか）

とっさに判断したのだ。ハシリは、五郎左衛門につづくあまりにも急なことに、冴が驚愕したと解釈したようだ。

「わたしはこのまま江戸を発ち、大番頭さまへ」

言うなりハシリは冠木門を走り出た。品川宿からまた馬を駆るのであろう。

冴は患者を診ながら、一林斎の帰りを待った。加納五郎左衛門の死のときと同様、慌てては佳奈に無用の心の負担を強いることになる。

午《ひる》すこし前に、一林斎は帰ってきた。

「ご簾中さまが、今朝方……」

「ふむ。で、あるか」

一林斎も、耳打ちされたのへ軽くうなずいたのみだった。

だが、心ノ臓は高鳴っている。

冴と顔を見合わせ、無言でうなずき合った。

「トトさま、カカさま。いかがなされた」

このときも佳奈は、両親《ふたおや》のただならぬ雰囲気を感じ取ったか、怪訝そうに二人の顔を見上げた。

「ああ。また知る辺《しるべ》が一人、亡くなってなあ。寂しいことじゃ」

「えっ、この前もそうじゃった。人はなんで死ぬるのでしょうねえ」

一林斎にはドキリとする言葉だった。

夕刻、イダテンが来た。

待合部屋で順番を待った。藩邸では、不意の騒ぎは収まっているようだ。

順番が来た。

療治部屋で、イダテンは声を殺した。

「午過《ひるす》ぎに、早飛脚が国おもてに発ちやした。藩邸の者はいずれもお歳ゆえと言っておるそうですが、朝餉が終わりくつろいでおいでのとき、突然の死でだれも手の施しようがなく、侍医を呼ぶひまさえなかったとのことです」

明らかに埋め鍼の効果だ。

「ふむ」

低く、一林斎はうなずいた。

# 四　危険な症状

一

国おもてでの加納五郎左衛門の野辺送りはもとより、江戸藩邸での安宮照子の葬儀も終え、二月《ふたつき》ほどが過ぎた。

――盛大にて、涙を禁じ得ず

児島竜大夫は霧生院に知らせてきた。そのとき一林斎と冴は、秘かに喪に服したものだった。

照子のときは、宮家からも将軍家からも弔問があり、ひときわ盛大だった。

「――因果かのう。ご城代の急死に、ご簾中さまもあとを追いなさるとは」

「――なにやら目に見えぬところで、なにかが動いているような」

ひとしきり藩邸でささやかれた噂も、すでに下火となっている。

すでに冬の訪れを迎えた神無月《かんなづき》（十月）である。

冷たい風が広い神田の大通りに土ぼこりを舞い上げる一日だった。午《ひる》をかなり過ぎた時分だ。照子の急死を知らせるべく和歌山に急ぎ戻ったはずのハシリが、不意に霧生院の冠木門を入ってきた。股引《ももひき》に袷《あわせ》の着物を着込み、ほこり除けに手拭《てぬぐい》で頬かぶりをしている。

「わっ、この前の馬のおじさん」

拭いても拭いても土ぼこりがたまる縁側に雑巾がけをしていた佳奈が、水桶に入れようとしていた手をとめた。

「これはお嬢、拭き掃除まで」

ハシリの驚いたような声に、冴が急ぐように療治部屋から障子を開けた。ハシリは佳奈が霧生院の娘として暮らしていることに、まだ日常のこととして慣れていないようだ。

「おぉう、また来たか」

一林斎も来院の患者に鍼を打っていた手をとめ、縁側に出てきて、

「ほう、また戻って来たか。して……」

佳奈へのハシリの口を封じるように言い、佳奈を奥へ下がらせた。

ふたたび江戸へ戻って来たことが気になる。

きょう午ごろ江戸に入り、イダテンの長屋で旅装をとき、すぐに来たという。庭先に立ったまま、

「大番頭さまがいま品川宿に。きょう二人のみで会いたい、と」

竜大夫はこの江戸下向《げこう》を藩邸には知らせておらず、供もハシリ一人だという。

それだけを告げ、帰ろうとするのを一林斎は呼びとめ、

「この前も言っただろう。役務以外に、口は過ぎまいぞ」

「へ、へい」

ハシリは恐縮したように返した。

さきほどのハシリは明らかに、佳奈が一林斎と冴の〝娘〟になっているとはいえ、

（五十五万五千石のお姫《ひい》さまが雑巾がけを）

その驚きを声に乗せていた。

五郎左衛門が式神の毒牙にかかり、元凶の照子が一林斎の埋め鍼を心ノ臓に受けて以来、安堵よりも、

（もしや、佳奈をお返しもうし上げねばならなくなるのでは）

そこが一林斎と冴が最も懸念するというより、胸を締めつけられるものとなっていたのだ。

竜大夫が秘かに江戸へ下向し、一林斎と二人で会いたいというのは、もしや……。

一林斎と冴は、冠木門を出るハシリの背を、無言で見送った。

「先生よう。鍼のつづき、まだかね」

「おぉ、わるい、わるい」

一林斎は急ぎ療治部屋に戻り、冴もつづいた。

「あれ、お馬のお人。もうお帰り？　神田に住んでいる人？」

佳奈がまた雑巾を手に、奥から出てきた。

「ほら。この前、印判の伊太さんと一緒に帰ったでしょう。その伊太さんの薬を取りに来ただけなの」

「あらあ、伊太さん。自分で来られないほど、どこか悪いの？　留さんと呼びに行ったとき、あんなに元気だったのに」

軽い疑問を冴に投げかけながら、

「あらら、また砂がこんなに吹き上げている」

拭き掃除に入った。きょう一日中、佳奈は縁側の拭き掃除に追われそうだ。

「わっ。風、弱くなっている」

と、佳奈がよろこんだのは、太陽は出ていないが、もう夕刻に近いと感じられる時分だった。患者もいなくなっている。

「では、以前から往診を頼まれていたところへ。佳奈、カカさまと夕餉が終われば、先に寝ていなさい」

「えっ。わたしも薬籠持で一緒に」

「往診だけでなく、いろいろな話もあって時間がかかりそうだから。それに遠いところだし」

佳奈が言ったのへ、冴はたしなめた。

「遠くても、この前は留さんと赤坂まで行ったのに」

鍼の実技修錬が進むにつれ、佳奈はしきりに一林斎の往診について行きたがるようになっている。不満そうに、

「はい、これを」

と、玄関で薬籠を小脇に出かける一林斎に、折りたたんだ提灯を渡した。

風が弱くなったせいか、夕刻近くというのに神田の大通りの人出は多くなったようだ。そのなかに、急ぐように歩を進めた。

(佳奈の鍼灸への興味が強まったのは嬉しいのじゃが、この先……)

思われてくる。出自を隠さねばならない理由は、

(すでに消えた)

のである。

さっき玄関を出るとき、

「おまえさま」

と、冴が一林斎の目を見つめたのも、

(きょう、その話が出るかもしれませぬ)

思ったからだった。一林斎もそれが念頭に浮かび、いまの一歩一歩にも重苦しさが強まってくる。

一林斎が指定したのは、いつもの日本橋北詰の割烹だった。

行くと、奥の部屋に竜大夫が先に来て待っていた。

一林斎が恐縮しながら部屋に入ると、竜大夫のほうが肩を落とし、

「面目次第もない」

頭を下げた。国元の城下で加納五郎左衛門を死なせてしまったことである。

「いえ、顔をお上げくだされ」

一林斎はいっそう恐縮し、竜大夫は頭を上げ、

「したが、そなたの鍼が効いたのは重畳《ちょうじょう》であった」

「はあ。まるでご城代が、あの世からお呼びなされたような」

廊下に気配が立ち、

「膳をお持ちいたしました」

声とともに襖《ふすま》が開いた。

「ほおう、ここがいつも頼母子講に使っている割烹か。なかなかのところやないか」

竜大夫は話題を変えた。武士姿ではなく、以前、千駄ケ谷での式神との戦いの助っ人に来たときのように、〝上方の薬種屋の隠居〟を扮《こしら》えている。

「はい。こちらさまにはいつもご利用いただいております。あ、お隣のお部屋、いかがいたしましょう。いまならいつものようにできますが」

「とりあえず、そうしていただきましょうか」

外はまだ明るさが残っており、他に客は入っていない。

一林斎は返した。隣を空き部屋にしておくことだ。

「ふむ」

竜大夫はうなずき、仲居は膳を置くとすぐに部屋を下がった。

「いつも談合の場所を変えるよりも、こうして一カ所に定めておくのも、かえっていい隠れ蓑《みの》になりそうじゃなあ」

竜大夫は得心したように言い、

「して、佳奈は息災かのう」

ドキリとした。

竜大夫はその表情から、一林斎のいまの心境を察した。それも当然であろう。佳奈を〝わが子〟として育ててきたのは、自分の娘と娘婿であり、しかも城代家老であった加納五郎左衛門と図り、それを冴と一林斎に命じたのは竜大夫自身なのだ。

竜大夫は味噌汁の椀を口から離し、

「以前に千駄ケ谷の件で来たおりには、一日佳奈に江戸を案内してもろうた。楽しかった。いい娘《こ》じゃ。お種がよかったか、おぬしらの薫陶《くんとう》が優れていたか、その両方じゃろ。利発な娘に育っておった。あれから二年になるが、容貌《きりよう》も合わせ一段と優れた娘になっていようのう」

「えっ。ならば佳奈は……」

一林斎は箸をとめた。顔に明るさが射している。竜大夫は〝姫〟でも〝佳奈さま〟でもなく、以前とおなじ呼び方をした。〝佳奈〟であり、〝いい娘〟なのだ。親族の娘に対する言いようではないか。

「さよう。向後ともおまえたちの娘であり、わしの可愛《かわゆ》い孫じゃ。考えてもみよ」

と、言葉をつづけた。

「ご簾中《れんちゅう》さまが身まかられてから、実は……などと光貞《みつさだ》公に佳奈の血筋を明かし、藩邸の奥御殿にお返ししてみよ。生母の由利《ゆり》さまは、ご簾中の意を受けた土御門家に殺されておるのじゃぞ。これまで京の土御門家と、わしら紀州家の薬込役が闘争をくり返してきたことを、天下にさらす基《もとい》になりかねぬわ。さようなこと、将軍家のご政道にとっても……」

「よろしくはありませぬ」

「それに佳奈の利発さよ」

竜大夫は一林斎の顔を見つめた。

「藩邸の奥御殿に閉じ込めてしまえば、いかがなろうぞ。磨かれぬどころか日々悶々とし、萎《しお》れてしまえばかえってさいわい。源六君以上に反抗し、いかなる騒動を引き起こそうか。さようなこと、佳奈のためにもなるまいて」

「はーっ」

一林斎は畳に両手をついた。最後のその言葉こそ、これまで幾度も一林斎と冴が、佳奈の寝顔を見つめながら話し合ってきたことなのだ。

外はようやく暗くなりかけ、庭に面した障子も明かり取りの用をなさなくなり、

「行灯をお持ちいたしましょうか」

反対側の襖の外にまた声が立った。

「そうじゃのう」

竜大夫が返した。

話はもう終わっていた。竜大夫はこの話を符号文字ではなく、みずからの声で伝えるため、藩邸にも知らせずハシリ一人を供に江戸へ出て来たのだ。

明かりが行灯の炎ばかりとなったころ、二人は腰を上げた。割烹の玄関先には、

「近くの旅籠に、部屋を取っております」

と、ハシリが来て待っていた。

これが照子存命中なら、

『周囲に、怪しき影はありませぬ』

と、言うところだろう。

一林斎が須田町に戻ったとき、佳奈はすでに寝入っていた。

「おまえさま」

と、冴は待ちわびていた。

「父上はさように……。さようにで、ございましたか」

淡い行灯の灯りのなかに佳奈の寝顔を見つめ、冴は幾度も言った。

二

翌日の午前《ひるまえ》、

「わっ、痛っ」

「ほらほら、気をつけて」

神田川の川原で、冴と佳奈が菱の実を採っている。晩秋から初冬に採取する菱は殻が硬く、撒き菱に適している。夏場と違って水は冷たく、澱《よど》みになったところで岸辺から棒でかき寄せている。

この時刻、いつもなら冴も佳奈も療治部屋で代脈《だいみやく》となって一林斎の手伝いをしているのだが、きょうは特別だった。

柳原土手から、供の者を連れた町場の隠居風の人物が、さっきから凝《じ》っと見つめている。頬がゆるんでいた。最初はかなり離れたところからだったが、

「もう少しそばへ」

と、幾度か歩を川原に近づけた。すでに呼べば聞こえる距離だ。

佳奈が菱集めに夢中になっているとき、冴はかすかにふり返って隠居風と目を合わせ、うなずき合った。

もちろん隠居は竜大夫であり、供の者はハシリである。

冴と佳奈の姿を、一目見ておきたかったのだ。直接会わないのは、佳奈に里心を起こさせないための配慮だ。佳奈の里心には、源六の兄《あん》ちゃんが住んでいるのだ。

「これ以上近づくと、お嬢に気づかれまする」

ハシリは言ったのみで、一林斎にたしなめられたのが効いているのか、佳奈への関心はなんら口にしなかった。

午すこし前に、

「ほーら、こんなに採れた」

と、佳奈が霧生院の冠木門に駈け込むと、一林斎は薬籠を小脇にすぐ出かけた。

行先はきのうとおなじ、日本橋北詰の割烹だった。

竜大夫と一林斎を中心に、江戸潜みの全員がそろい、そこにハシリも加わった。きのうのうちに、イダテンが上屋敷の小泉忠介と氷室章助、下屋敷のヤクシと掘っ立て借家のロクジュにつなぎを取ったのだ。ヤクシは源六がいなくなってからも、憐み粉調合の役付中間として下屋敷にとどまり、いまでは藩にとってなくてはならない存在になっている。

隠居に武士に医者に職人に町衆姿と、典型的な頼母子講の集まりである。それら八人が無礼講に円座を組んでいる。入ってきた仲居も、

「お武家も町場のお方も、なんともまとまりのいい頼母子講ですねえ」

と、その形のとおりに膳をならべた。例によって、隣は空き部屋になっている。

仲居が退散すると、一同の目は隠居姿の竜大夫に集中した。一様に緊張している。状況が劇的に変化したあとの、新たな下知が下されようとしているのだ。

竜大夫は、加納五郎左衛門の葬儀の盛大だったようすをまず話し、一同であらためて黙禱《もくとう》を捧げ、無礼講な円陣であっても竜大夫の口調はおごそかとなり、面々は威儀を正した。

「源六君には当面わが和歌山城にお住まいあり、葛野藩は加納久通どのが城代家老として藩政を執られる。源六君は参勤交代のおり江戸に出府されるが、そのときは千駄ケ谷の下屋敷が葛野藩の藩邸となる」

「おーっ」

一同から低い声が洩れた。江戸潜みの者にとって、源六君の身分は変わっても状況に変わりはないと、竜大夫は示唆したのだ。

「よってそなたら江戸潜みの者は、引きつづき紀州藩徳川家より江戸における源六君警護の役務に差遣《さけん》されたものと解釈せよ。なお、向後の江戸と国おもてのつなぎ役はハシリとする」

体制の縮小どころか、ハシリを江戸潜みに加えた。さらに竜大夫は言った。

「源六君への直接の脅威は消滅したが、向後いかなる危機が出来《しゅったい》するか。目下予測はつけ難い。ただ、緊張を解いてはならぬ」

「ご城代の仇討ちはっ」

低く押し殺した声で言ったのは、ロクジュだった。一林斎も含め、江戸潜みの者が等しく念頭に秘めていることである。

「それはよう」

不意に竜大夫の口調が隠居の風体にふさわしい、くだけたものになった。

「ご城下での失態に江戸潜みの者がけりをつけてみろ。城下の組屋敷の者どもの面目はますます立たんわい。どうじゃ」

「あっ。そりゃあそうですなあ」

問いを入れたロクジュが返した。他の者も得心の表情を示した。

これをきっかけに座はくつろいだものとなり、昼間ではあったが酒もいくらか入った。そこに佳奈の存在を口にする者はいなかった。五郎左衛門逝去のあと、この世でその出自を慥《しか》と知る者は、竜大夫と一林斎、冴の三人のみとなったのだ。他の薬込役たちには、気づいていても知らぬふりをするのが不文律であることは、いまも変わりはない。

だが、源六については違った。

竜大夫は言った。

「あのお方なあ、ご城代も言っておいでじゃった。三万石では物足りぬ、五十五万五千石にこそふさわしいお方と、な」

酒の上で言っているのではない。酔うほどに酒は出ていない。

くだけた口調のなかに言ったものだが、竜大夫の目は真剣だった。

一同には一林斎を含め、ハッとするものがあった。源六への脅威が消滅したにもかかわらず、体制を解かないばかりか逆に強化している。しかもこのあと、竜大夫は光貞公には会わず、この場から紀州へ帰ることになっている。大番頭は今年七十一歳の光貞公の先をすでに考え、

（われら江戸潜みの者は、そのための布石では）

それぞれの脳裡に走ったのだ。本家より出た支藩のあるじが、本家の世継ぎの問題でふたたび本家に戻り、後を継ぐ話は前例のないことではない。

「さあ、腹ごしらえだ。うーむ、毎回感じることじゃが、江戸の味はどうも上方にくらべ、濃くできておるなあ」

「あはは、大番頭さま。それはわれら一同、みな感じておることですよ。もう慣れましたが」

話題を変えた竜大夫に小泉忠介が応じ、

「その点わが家は冴が味付けをしてくれるよって、味の濃い薄いはあまり感じませぬわい」

「あ、いつぞや冴さまの手料理に与ったおり、汁も魚の煮つけも上方風だったもので、懐かしゅう感じました。またお願いしますよ」

一林斎が言ったのへロクジュがつないだ。

座がなごやかになったところでお開きとなった。

竜大夫とハシリは文字通り日本橋から東海道を帰途につき、武士姿も職人姿もそれぞれの道をとり、一林斎も〝緊張を解かず〟以前のように両国橋方面に進み、柳原土手を経て神田須田町に帰った。

一林斎はすぐさま談合の内容を冴に話した。

『さような夢物語など』

と、冴は一笑に付すかと思うと、

「ほほほほ」

急に笑いだし、

「あのお方には、五十五万五千石とて狭《せも》うございます。この日の本の空の下で、源六君には国境《くにざかい》などといったものはございませぬ」

「ふむ。そうかも知れぬなあ」

と、それはふと、一林斎にも分かるような気がした。

三

〝緊張を解いてはならぬ〟と大番頭は言ったが、守るべき源六は遠い和歌山城内にあり、ときおり城下に出るが組屋敷の薬込役が周囲を固めている。

江戸では源六を狙う元凶は消え、その意を受けていた京の土御門清風はむしろホッとしており、久女《ひさめ》は京に帰ろうにも居場所はすでになく、赤坂の奥御殿で朽ちるのを待つだけの身となっている。

「おまえさま。われらの役務は父上の申されたことへの地盤を、この江戸で固めておくことでは」

冬の深まりを感じるなかに、冴は療治部屋で患者の途絶えたときポツリと言った。

〝日の本の空の下で〟などと大風呂敷を広げたようなことを言っていたが、当面の目標を冴はその手前に置いている。

——五十五万五千石にこそふさわしいお方

竜大夫は言ったが、それが加納五郎左衛門の口から出ていた言葉とあっては、決して夢物語ではないような気がしてくる。

一林斎は冴の言ったのへ、表情でうなずきを返した。

小泉忠介や氷室章助らは職務をまっとうしながら藩邸内の動きをつぶさに観察し、イダテンとロクジュは市井で諸人の声を聞き、ヤクシは下屋敷にあって憐み粉の量産に備える……。いま成し得ることはそれしかない。

ならば一林斎と冴は……。

霧生院を足場に大名家や旗本に知己を広め、そのようすを探る。それこそ、大名家における、江戸潜みの役務ではないか。

　一林斎ならそれができる。町場の一介の鍼灸医に過ぎない身で、紀州藩徳川家の御台所に埋め鍼を打つ機会を得たのだ。藩内の者が手引きしたのではない。霧生院の鍼師として、まったく一人でつくり出した機会なのだ。

「役務を成すにはなあ、この霧生院でなおいっそう町場に根を下ろし、日々の営みをまっとうすることじゃ。町方の隠密同心も、綱吉将軍のご政道よりもこちらの側に立ってくれておるでのう。ありがたいことじゃ」

「ほんに、さようにございます」

　一林斎が言ったのへ、冴は相槌を打つように返した。

　数日前にも、奉行所の隠密同心が足曳きの藤次と一緒に霧生院へ、

「――あの粉を、へへへ。ちょいと」

「――迷惑はかけぬゆえ」

　と、憐み粉を秘かに分けてもらいに来たのだ。

　もちろん隠密同心は杉岡兵庫である。職人姿だった。

「――やい、おめえら。よく見ていやがれ」

　と、そのとき霧生院の裏庭で撒き方を指南したのは、なんと留左だった。強気だっ

た。留左はとっくに、霧生院のお犬さまに対する用心棒代わりに、粉を撒く間合いを冴と佳奈から伝授されているのだ。

霧生院を足場にした秘かな一林斎の役務は、意外なところから思わぬかたちでやってきた。というよりも、発生した。

年があらたまり、元禄十一年（一六九八）も弥生（三月）となった一日だった。

桜の季節というのに、

「どうも調子が悪うござんすぜ。せっかく柳原で開帳しても、いま一つ盛り上がらねえ。これじゃこの庭の草引きでもしていたほうが、気が晴れまさあ」

と、留左がしょんぼり霧生院の冠木門をくぐったのは、その日の午《ひる》をいくらかまわった時分だった。草引きといってもきのう佳奈と一緒にしたばかりで、きょうまた薬草畑に入る必要はない。

小振りな古着屋や古道具屋が立ちならぶ柳原土手の裏手で、留左は野博打《のばくち》を開いていた。人出はあるのに人が集まらない。数人のぞきに来ても、

「留の兄イよ。こんな日にゃ、なにをやっても気勢が上がらねえぜ。あんたも早々に引き揚げたほうがいいぜ」

と、帰ってしまう。足曳きの藤次が付近を見まわっているからではない。見まわっていても留左なら、

『おう、足曳きの。また足が引きつらねえうちにとっとと帰《けえ》んねえ』

などと追い返してしまう。

それよりも、土手の商舗《みせ》のならび全体にいつもの活気がないのだ。

天候が原因だった。

ここ数日、江戸では太陽を見ていない。雲は低く垂れこめ、誰しもが空気を重く受けとめ、うすら寒さまで感じて気分がすぐれないのだ。

霧生院でも、

「先生よう、なんとかならないかね。これじゃ花見にも行く気がしねえ」

「あはは。こればかりは儂《わし》とてなあ」

などと、腰痛の療治に来た町内の隠居が言うのへ、一林斎は灸を据えながら返していた。

こうした天候のとき腰痛はむろん、鼻に持病のある人などは頭痛を起こし、物忘れがひどくなり極度に短気になったりする。

そこへ留左までが肩をすぼめて冠木門を入って来たのだ。冴は佳奈を連れ、町内の

妊婦のようすを診に行って留守だった。

「こんな日は誰も気分がすぐれぬ。長屋に帰っておとなしくしているのが一番だ」

「へえ。そうさせてもらいまさあ」

留左は庭から縁側越しに声を入れただけで、療治部屋にも待合部屋にも上がらず、肩を落としたまままきびすを返した。

おなじころだった。おもての神田の大通りでは異変が起こっていた。

曇り空の重苦しい日であっても、雨が降り地面がぬかるんでいない限り、日々の営《いとな》みはある。ただ雨を用心してか、人通りはいつもより少ない。

馬蹄の音が聞こえる。しかも数頭……。

「ひゃーっ」

「おっとっと」

人の声も聞こえた。

大八車はあわてて脇へ軛《くびき》を牽《ひ》き、馬子《まご》も、

「な、なんなんでえ。ありゃあ！」

荷馬の轡《くつわ》を引いて一群の走り過ぎるのを待った。

沿道からは、

「どこの侍だ、ありゃあっ」

町なかでの常軌を逸した早駈けに、怒りの声が上がる。

三騎、町の大通りを疾駆しているのだから尋常とは思えない。

恐怖の表情で子をかき抱《いだ》き、脇へ走る母親もいた。

その三騎は日本橋のほうから土ぼこりを巻き上げて来た。

最初はゆっくりと進め、三人とも人混みの多さに轡を制御していた。だが室町《むろまち》を過ぎたあたりだった。先頭の三十がらみの武士が、

「疾《と》ばすぞうっ。早駈けじゃあっ」

突然、馬の腹を蹴った。

――ヒヒーン
馬は一声上げ、駈け出した。

「お、お待ちを！」

「殿ーっ、なりませぬうっ」

家来と思われる二人の武士が、慌ててあとを追った。四十路《よそじ》近くに見える精悍《せいかん》な武士と、もう一人は二十歳《はたち》を出たばかりと思える若侍で、その者も凜々《りり》しい風貌だ。通常に往還のながれに乗って馬を進めていた分には、先頭の朱色の胸懸《むながい》に鞍《くら》も鐙《あぶみ》も黒

い漆塗《うるしぬ》りの馬に乗る武士よりも、背後になんら飾りのない馬で随う武士のほうに沿道の女たちの目は行き、

「まあ」

と、立ちどまる若い娘もいた。

それらが無茶に走り出したのでは状況は一変する。

悲鳴と怒号のなかに神田の大通りを一丁（およそ百米）あまり、人を蹄《ひづめ》にかけなかったのが不思議なくらいだ。

「あああぁぁ」

沿道から悲鳴が上がった。須田町のあたりだ。

逃げ遅れた二、三歳の女童《めわらべ》が迫る馬を見つめ恐怖のあまりか身を硬直させてしまった。すぐ近くでは、

「ああっ」

両目を手でふさいだ者もいようか。

そのなかに、

「ええ！」

馬に向かって駈け出そうとした者がいた。留左だ。

女童を助けようとしたのではない。信じられない光景を目にしたのだ。

馬の鼻息も女童にかかるほど接近した刹那《せつな》だった。

一人の女が身をかがめ裾《すそ》を乱して飛び出し、女童をすくい上げ抱くなり地に一回転し、立ち上がった。土ぼこりが舞い上がる。両腕には慥《しか》と女童が抱かれていた。

冴だった。

「カカさまっ」

佳奈は驚愕の声を上げたが、沿道の他の者はなおも息を呑んだまま、まだ歓声も上げられない。

「ご新造さまーっ」

留左はそこへ走り寄ろうとしたのだ。

霧生院の冠木門を出ると、おもての大通りがなにやら騒がしい。かすかに馬の蹄の音も聞こえ、切羽詰まったものも感じた。

「――なんなんでえ」

と、大通りへ走り出たとたんに、冴が腰を落とし身をかがめた瞬間が目に入ったのだ。あとはもう夢中だった。

息を呑む光景はさらにつづいた。

さすがに馬上の武士は、眼前の女童に手綱を引いた。だが、脇から飛び出し抱き上げる者がいなければ女童を馬蹄にかけていたことは、瞬時とはいえ目撃したどの目にも明らかだった。馬はなおも駈けているのだ。

家来の二騎はその光景に驚愕しながらも、

「殿ーっ」

ようやく追いついた。〝殿〟と称《よ》ばれ、さらにその馬装からも大名のお忍びか高禄の旗本と思われる。

四十路近くの武士が馬上から手を伸ばし殿さまの乗馬の手綱を取った。

「御免っ」

引いた。走りながら他の馬の手綱を取るのだから、よほど修錬の者であろう。

殿さまの馬は歩をとめたものの、

――ヒヒヒーン
前脚《まえあし》を蹴って空《くう》に浮かせ後脚で立つかたちになった。〝殿〟の手綱さばきもなかなかのものだった。

「ううううっ」

と、その態勢に耐えた。

が、馬が前脚を地に着けるのと同時だった。後脚を蹴った。

馬上の者はうしろへ落ちそうになった次には前のめりになる。

「わーっ」

悲鳴は殿さまではない。

ようやく息を取り戻した観衆たちだった。歓声に近かった。

殿さまは連続した馬の激しい上下動には耐えられなかった。

肩から落馬し、その身は地に打ちつけられた。

「殿ーっ」

「殿さまーっ」

供の武士二人は馬から飛び下り、駈け寄ろうとした。

観衆というよりも野次馬たちは恐怖の瞬間を超え、息を取り戻したもののまだ興奮状態にある。

「へへん。ざまあねえぜ」

思わず罵声を浴びせる者がいた。言葉に品はなかったが、見ていた町衆全員の心情である雰囲気があたりに満ちている。

殿さまは反応した。

「なにいっ」

腰をさすりながら起き上がった。

「あっ。立った、立った」

珍しい物でも見るような声が飛んだ。

「うむむむっ」

「へん。そんなへっぴり腰で歩けるかい」

立ち上がったものの肩と腰をさすり、うめいている殿さまにさきほどの男がまた浴びせた。留左ではないが、腰切半纏《こしきりばんてん》を三尺帯で締めた職人風の若い男だった。

「ゆ、許さん！」

腰の刀を抜いた。武士であっても天下の往来で刀を抜くなど、よほどのことでなければあり得ないことだ。

「おーっ」

「きゃーっ」

周囲からどよめきが起こり、女の悲鳴も上がった。

「殿っ、殿っ。ご冷静にいっ」

「なりませぬっ」

二人の家来は殿さまの前に立ちふさがった。

罵声を浴びせた男は予期せぬ事態に驚いたか、

「えぇえ！　抜きやがった」

逃げ腰になり、

「おい、あんた。逃げろ」

「おう。すまねえ」

まわりの者が道を開けたのへ、男は身をかがめ走り去ろうとした。

「ぶ、無礼者！　許さんっ」

殿さまは刀を振り上げた。家来が主君に刀を向け、立ち向かうことなどできない。

二人とも手を前に突き出し、

「なりませぬっ」

「ご冷静にいっ」

「えぇい、どけいっ」

殿さまは刀を一閃させた。

家来二人は、

「殿ーっ」

飛び下がった。

「きゃーっ」

また女の悲鳴が上がり、野次馬は増えた。

殿さまは刀を抜いたまま男を追いかけた。

「うへーっ」

「待てーっ。許さぬっ」

枝道へ逃げ込んだ男を殿さまは刀をふりかざし、なおも追いかけた。

「きゃーっ」

「ひーっ、人殺しーっ」

悲鳴があちこちに起こる。

霧生院とは一本筋違いの枝道だが、おなじ須田町の町内だ。

四

「先生よーっ」

留左が息せき切って霧生院の冠木門に走り込んだとき、一林斎はすでに療治部屋から庭へ飛び下りていた。なにやら騒ぎの声が聞こえ、門の外に慌ただしさが感じられたのだ。

療治部屋の婆さんも、胃痛で待合部屋にいたお店者《たなもの》も縁側に這《は》い出てきている。

「来て、来てくだせえっ。侍が刀をっ、ご新造さまがっ。佳奈ちゃんもそこにっ」

「なに！」

上ずった留左の声に、

「留！　苦無《くない》を持ってあとにつづけいっ。療治部屋だ」

言うなり一林斎は庭下駄のまま冠木門を駈け出し、留左は、

「苦無？　どこ、どこ」

療治部屋へ雪駄のまま飛び込んだ。

一林斎は走った。騒ぎの声から場所は見当がつく。

角を曲がった。

「おぉっ」

新たな展開になっていた。

職人風の男は、留左もよく知っている隣町の大工だ。

「殺されるーっ」

目の前の長屋の路地に飛び込んだ。

殿さまは追った。

「待てーっ。逃がさんぞーっ」

「殿ーっ、お待ちーっ」

「くだされーっ」

二人の家来は追った。

「な、なんなんだ！」

「ひーっ」

脇道の往来人は隅へ逃げるのにころび、

「痛《いて》えっ」

駈けてくる野次馬に踏まれる者もいる。

その住人も起き上がると、

「なんなんでえ！」

野次馬に加わる。

路地の入り口は人の肩で埋められた。

そのなかに冴もいた。

「ご免なさって、ご免なさって」

それら野次馬を冴はかき分け、前面に出た。

長屋の住人が障子戸を開けるなり、

「ひーっ」

驚愕の悲鳴とともに戸を閉めるのも忘れ、首だけ引っ込めたのが見えた。顔見知りのおかみさんだ。大工はどぶ板につまずき転倒している。

「うーむむむ」

殿さまは刀をふり上げた。

長屋の路地に入り込んでいたか、どさくさに紛れ人に蹴られたか、

——キャン、キャン、キャン
小型の犬が一匹、大工のすぐ横にころがり出た。蹴り出した何者かは、日ごろの犬への腹いせよりも、とっさに大工を助けるためだったのだろう。

いま、お犬さまほど防御の盾《たて》となるものはない。武士が町人を斬っても無礼討ちなら泣き寝入りか、揉めても示談ですませられるだろう。だが犬を斬れば死罪だ。

「ひーっ」

大工は犬を引っつかみ、

「くそ野郎っ」

——キャーン

犬に対する罵倒ではない。抜刀の武士に対してだ。

投げつけた。

反射的か、抜刀の武士は飛んできた犬に刀を一閃させようとした。

「御免っ」

四十路近くの武士が事の重大さに横合いから殿さまに素手で組みつこうとした。

が、足場が悪かった。ころがっていた桶につまずき、

「おおぉ」

前のめりになった。若いほうの武士は犬を斬ろうとしている殿に、ただ色を失い身を硬直させている。

「無礼者！」

刀は打ち下ろされた。

狙いを外した。

——キャーン

犬は殿さまに当たって地に落ち、

――キュキュキュキュン
ころがるように路地の奥へ逃げ込んだ。

「ううっ」

殿さまは刀を落とし、

「殿っ」

一難去ったことに若い武士は気を取り戻したか、均衡を失った殿さまの身を支え、
四十路近くの武士も身を立てなおし、

「殿ーっ」

なおも崩れようとする殿さまの身を若い武士と両脇から支え、

「ん?」

殿さまの肩になにやら刺さっているのに気がついた。

(苦無?　しかも、飛《とび》……)

武士は解し、刺さっている角度から飛んで来た方向に目をやった。

路地の入り口のほう、野次馬の押し合う一番前に出ている女と目があった。

冴だ。

「開けられよ、開けられよ」

野次馬の背後がざわついた。

「おぉお、先生。いいところに！」

一林斎が走り来たのだ。

「先生！　これですかい」

追いついた留左が苦無を一林斎に示した。いつも腰に提げている大型のものだ。

「おう」

一林斎は受け取り、前面に出た。

騒ぎに、足曳きの藤次と隠密同心の杉岡兵庫も気づいた。というよりも、室町のあたりで乗馬の武士三人が突然駈け出したのに仰天し、大通りを走って来たのだ。この日の杉岡兵庫は腰切半纏の職人姿だった。追いついたのは、一林斎が野次馬たちのなかに分け入ったときだった。

殿さまは失神していた。四十路近い武士には、それが女の投げた飛苦無によるものでないことに気づいている。そればかりか、

（あの女、何者!?　わが藩を救うてくれた）

感じ取っている。

冴は背に一林斎の声を聞くと、つかつかと駈け寄り、

「近くの療治処の者です。すぐお運びくだされ」

「冴、いかがいたしたぞ」

一林斎も走り寄り、

「うっ」

肩に刺さっている飛苦無に気づいた。いまここで抜けば血が噴き出し、騒ぎはいっそう大きくなる。

「さあ、早う。運んでくだされ」

「おぉ、医家のお人であられるか」

軽衫《かるさん》に筒袖《つつそで》、さらに茶筅髷《ちゃせんまげ》のいで立ちを見れば分かる。

「さよう。早う」

「心得た。さあ」

四十路近い武士は二十歳を超えたばかりの若い武士を差配し、殿さまを両脇から抱きかかえるように持ち上げた。

路地の入り口付近では、杉岡兵庫が事態を解しないままも臨機応変か、

「藤次、武士の情けじゃ。これを使《つこ》うて野次馬どもを蹴散らせ」

「へい」

職人姿のふところから取り出した朱房の十手を藤次は押しいただき、

「さあさあ、道を開けろい。お武家のけが人だ」

十手の威力は大きい。

「おおう」

野次馬たちは道を開け、さらに、

「散りなせえ。さあ、戻りなせえ」

まだ立ち去りかねている野次馬たちを追い散らした。

それらのなかから佳奈が飛び出てきて、

「トトさまっ、怖かったぁ」

「あ、佳奈。無事でよかった。療治処へ走り、急患の用意を」

「はい」

さすがに霧生院の娘だ。恐怖から冴や一林斎に抱きつくよりも、返事とともに走り帰った。

そのあいだに杉岡兵庫は三頭の馬を探しに、おもて通りへ走り出ていた。馬装から武士たちの身元を知る手証《てしょう》を得るためだ。室町で見たが、先頭の武士は相当な身分の人物と思われる。

路地から出てきた一行は、藤次の先導で霧生院に急いだ。すぐそこだ。まだ太陽が西の空に高い時分である。

# 五

療治部屋に殿さまはもろ肌を出し、うつ伏せに寝かされている。斬ったのではなく刺し傷であり、それも乗馬装束の上からで手裏剣のように鋭利でもなく、深くは入っていなかった。

飛苦無を抜いたとき血が噴き出したが、傷口は小さく、縫い合わせるまでもない。施術は血止めと消毒が中心となり、途中に殿さまは気を取り戻し若干《じゃっかん》うめいたが、すぐさま一林斎は背中の心兪《しんゆ》と呼ばれる気を鎮める経穴《つぼ》に鍼を打ち、冴は鎮痛の薬湯を調合した。殿さまはふたたび眠りについた。

部屋には四十路近くの武士が、

（隠れたる名医か！　なんと手際のよい）

感嘆の思いで一林斎と冴の療治の一部始終を見つめ、台所から湯を運んできては桶の汚れた湯と取り替えている佳奈には、

「ここの娘御か。感心だのう」

声をかけ、

「はい。わたくしも、簡単な施術ならできまする」

佳奈は返していた。

待合部屋では留左が苦無を棚に戻し、出番はないかと声のかかるのを待っている。

若い武士は、

「屋敷より駕籠をここへ」

四十路近くの武士に言われ、

「途中、急いでも駈けてはならぬぞ」

「承知」

馬の手綱を取って霧生院の冠木門を出た。

「尾《っ》けるぞ」

と、杉岡兵庫と足曳きの藤次は、冠木門の外から騎馬の若い武士を尾けた。駈け足になるが、徒歩の者を尾けるよりも目標が目立ち、むしろ容易だった。

大通りにいた馬三頭を霧生院の庭に曳いて来たが、杉岡はそこでハッとした。〃殿さま〃の乗っていた馬の鞍に、違い鷹羽《たかのは》の家紋が打たれていたのだ。

浅野《あさの》家の家紋である。歴とした大名家ではないか。いま霧生院で傷の手当てを受けている武士はまさしく、

（殿さま！）

なのだ。

だが、浅野家には芸州広島藩四十二万六千石を本家に、播州赤穂《あこう》藩五万三千石と備州三次《みよし》藩五万石の支藩がある。

家臣二人を供にお忍びの乗馬であれば、三家のいずれかは判らず、しかも町なかでの醜態で〝お犬さま〟まで刃《やいば》にかけようとしたのであれば、

（訊いても家名は明かすまい）

当然予測できることだ。だから、若い武士が〝屋敷へ戻る〟と聞き、ここぞとばかりに杉岡兵庫は藤次をうながし、冠木門の外から尾行の途についたのだ。

療治部屋でも一林斎と冴も、

（問うだけむだか）

思っている。なにしろ武士の横暴とはいえ、これほど常軌を逸した行動と醜態はめったにあるものではない。

殿さまの側近らしい武士の前だが、冴は大通りから路地への状況を、薬湯を煎じな

がらつぶさに話し、その一つ一つに一林斎はうなずきを入れ、

「そのときのこのお方の顔色は?」

さらに、

「顔は引きつっていたか」

と、問いを入れていた。

冴の話すべてが目撃者のいる事実であり、側近の武士に否定する言葉はない。ただ、その武士は終始端座の姿勢を崩さず、礼儀正しかった。

話が飛苦無に及んだ。冴は、

「あのままでは、このお方は間違いのうお犬さまを斬っておいででした。だからわたくしはとっさに……」

そのあとの言葉を呑み込んだ。壁の薬棚に大小の苦無が置いてある。殿さまの肩から抜いた小型の苦無は、血をぬぐったあと、まだ枕元にある。棚の大型は、さきほど一林斎が戻したものだ。

側近の武士は端座のまま、さっきからそれらが気になっていた。話に聞く戦国忍者のごとく飛苦無としてこの女性《にょしょう》が使い、ものの見事に殿さまの動きを封じたのだ。尋常の医者の内儀とは思えない。しかも大通りでの、飛び出すなり女童をかき上げ一

回転して馬蹄から救った、あの度胸と身のこなし……。

疑念ではない。側近の武士にすれば、女童と嘲笑した職人を救ったというより、二度までも殿とお家の危機を救ってくれたのだ。

あらためて枕元と薬棚へ交互に視線を向け、

「ご内儀、そなた……」

冴よりも一林斎が膏薬を塗っていた手をとめ、目を武士に向けた。

「あははは、お気づきであろうかな。医家における大小の苦無は、武家の大小とまではいかぬが、必要な道具でしてな」

「なれど」

「お供のお方」

不意に一林斎の視線は鋭いものへと変じた。

「うっ」

武士もそれを受け、真剣な眼差しとなった。

二つの視線は、横たわる殿さまの体の上で交差した。

(ご家名は訊かぬ。詮索は無用にされよ)

(……したが……ふむむ、承知)

武士は若干の間を置いたが、一林斎の視線の意味を解した。

「ふうっ」

冴が安堵の息をついた。

「さあ、あとは傷口が膿《う》まぬよう、屋敷の侍医どのに診てもらいなされ」

と、療治はあらかた終わり、念のため包帯もし、屋敷でも側近が療治できるように調合した軟膏を貝殻へ詰め、鎮痛の薬草も用意した。

安眠の薬湯と鍼が効いたのか、殿さまはまだ寝入っている。

「お屋敷から迎えの駕籠が来るまで、こちらで一息入れなさらぬか」

と、一林斎は武士を奥の居間にいざなった。

武士は一瞬首をかしげたが、

「いいでしょう」

と、腰を上げた。〝一息入れなさらぬか〟とは、お供の武士が一林斎の労をねぎらって言う言葉だ。それを一林斎のほうから武士に言った。武士はそこに首をかしげたのだ。

（この御仁、わしになにか言いたそうな）

武士は感じたのだ。

二人は冴の用意したお茶の盆をはさみ胡坐居《あぐらい》に対座した。

「承《うけたまわ》ろう」

「ふむ」

武士が言ったのへ一林斎はうなずき、

「そなた、あの患者の最もお側《そば》近くに仕える仁とお見受けするが、ご苦労の絶えぬことでありましょうなあ」

「うっ」

瞬時、武士は返答に詰まり、

「と申されますと？」

一林斎のつぎの言葉を待った。武士は一林斎を市井に隠れた名医であり、その内儀も尋常ならざる……と、みている。一林斎もこの武士を、

（一廉《ひとかど》の武士）

と感じ、双方に初対面とはいえ、家名も身分も名乗らぬなかに、信頼というべきか認め合う感情がながれている。

一林斎は言った。

「あの患者でござるが」

一林斎にとって、診察した者は殿さまであれ長屋の住人であれ、一律に〝患者〟なのだ。武士も、一林斎が〝わが主君〟を市井の者と同列に〝患者〟と呼ぶことに、不思議と不快は感じなかった。

「きょうのように非道《ひど》い症状は珍しかろうが、似たようなことはよくあるのではないかな」

「そこもとの診立《みた》て、詳しく承りたい」

武士は真剣な眼差しで、上体を前にかたむけた。覚えがあるのだ。

きょうの早駈けも、

「――すぐれぬ、すぐれぬぞ。気分もなにもかも！　ええい、馬じゃ。馬引けいっ」

殿さまは喚《わめ》き、仕方なく屋敷ではお忍びとし、殿さまから最も寵愛を受けている二人の近習が随ったのだった。屋敷の者はこうしたとき、諫《いさ》めればかえって逆効果になることを知っているのだ。

「きょうのはのう、いつもの症状に、町人からあってはならない嘲笑を受け、病《やまい》がさらに倍加したものと思われる。それが限界を超えれば、心身ともに我を失う。そう診たが」

「病……でござるか」

「さよう。瘧《おこり》という気の病じゃ。〃つかえ〃ともいうが、それは症状が軽い場合じゃ」

「治《なお》すには」

「ない」

「えっ」

「治せぬが、癒《いや》すことはできる」

「いかように」

「儂は、そなたの屋敷の侍医ではござらぬ。お屋敷の侍医どのにきょうの症状というよりも、出来事をすべて話し、相談されるがよかろう」

筋のとおった意見だ。武士は無言でうなずく以外になかった。その表情には翳《かげ》りが見えた。向後に対する懸念というよりも、不安である。

つけ加えるように一林斎はつづけた。

「ここ数日の天候じゃ。こうした日がつづけば、症状があらわれやすくなる。侍医どのと相談の上、癒しの方途を講ずるのが、最もよい療治と思われよ」

「うーむ」

武士は考え込む態《てい》となった。

陽が出ていない分、日暮れを感じるのが早いか。

「おまえさま。行灯をお持ちいたしましょうか」

屋内はすでに薄暗くなりはじめていた。

「あっ、殿じゃ。お目覚めか」

「おお、そうじゃった」

二人は同時に腰を上げた。

庭が騒がしくなった。屋敷からの駕籠が来たようだ。

六

走り帰った若い武士の話から、屋敷ではあくまでお忍びとして目立たないようにと算段したか、四枚肩《しまいかた》の権門駕籠だが供の者は中間を入れて十人足らずだった。

薄暗くなりかけたなかに、一林斎は冴とともに庭まで出て見送った。片膝をつく陸《ろく》尺《しゃく》や家臣たちの礼から、

(相応の家格)

一林斎も冴も思ったものである。そのとき、一林斎も冴も、駕籠に〝違い鷹羽〟の家紋が打たれているのを見た。

（浅野家）

心中につぶやいた。

浅野家の殿さまは一林斎の鍼で目を覚ましたとき、

「――無礼者！　ここはどこじゃ。馬じゃ、馬引けい」

上体を療治台から起こし喚いたものの、

「――ううっ」

「殿はおけがをなさっておいでにて」

肩を押さえ、側近の武士からも言われ、症状が収まっていたせいもあろうか縁側の前に置かれた駕籠へ、不機嫌そうに乗ったものだった。

駕籠は動き、

「それでは後日また、かならず」

四十路近くの武士は殿《しんがり》に冠木門を出た。

それらを見送り、

（あの殿さんじゃ、あの家臣はもとより、ご家来衆は苦労されようなあ）

一林斎は真剣に思ったものである。

留左はさきほど一林斎に、

「――町内やおもての通りの噂を拾ってきてくれ」

と言われ、外に出ていた。

駕籠と馬が冠木門を出てからすぐだった。一行の出るのを待っていたように、職人姿の杉岡兵庫と単《ひとえ》を尻端折にした足曳きの藤次が入って来た。

まだ庭にいた一林斎に藤次は、

「先生、ええお人を診なすったねえ。驚きやしたぜ」

「そうか」

およその見当はついていた一林斎は、淡々と返したが、

「話が……」

「うむ」

杉岡兵庫が言ったのへうなずき、座を待合部屋に移した。

さっそく行灯を運んできた冴も杉岡に、

「ぜひ、ご内儀もご一緒に」

言われ、座に加わった。

杉岡は話した。さすが隠密同心で屋敷の中間にも声をかけ、聞き込んでいた。

「あの気がふれたような武士、ありゃあなんと播州赤穂藩五万三千石の殿さまで、浅

野内匠頭長矩《たくみのかみながのり》公にござんせんか」

「ほう」

職人姿にふさわしい言いようにも、一林斎はうなずきを入れた。その形《なり》に合った言葉遣いは、薬込役の作法にも通じる。

杉岡はつづけた。

「それに、お供の侍がいやしたでしょう。屋敷へ駕籠を呼びに帰った若いのは磯貝《いそがい》十郎左衛門《じゅうろうざえもん》といい、ここに残ったのは片岡源五右衛門《かたおかげんごえもん》と申しやして、ともに殿さんの側近中の側近らしいですぜ。しかもきょうのこと、お忍びで外出など、めったにないことだそうで」

「やはりなあ」

一林斎は得心のうなずきを返した、ここ数日の天候が、内匠頭に持病の発作《ほっさ》をもたらしたものと一林斎は診立てている。

「それにきょうの事態ですが」

杉岡は一林斎と冴を交互に見た。杉岡にとって、これからが主題のようだ。

「なかったことにしやしょう」

「できますのか、さようなことが」

一林斎の気になっていたことである。大名家の脈を診たとなれば、市井とはいえ御典医に相当する。評判になるだろう。潜みにとって、避けねばならないところである。それに諸人の前での大名の落馬となれば、格好の江戸庶民の噂になる要素を持っている。そこへまた、冴の馬前に飛び出した活劇が加わればどうなる。かわら版屋が放っておかないだろう。

「今夜中にもあっしが奉行所に戻り、お留書《とどめがき》を記《しる》しやす。神田の大通りで武士の乗った馬が突然暴れだし、落馬したるも近くの療治処で手当てを受け、大事には至らず……武士の姓名は不詳……と」

「そのようにあっしがこれから自身番をまわって、口裏を合わせるように話しておきまさあ」

杉岡が言ったのへ、藤次が自信ありげにつないだ。根拠はある。

あの騒ぎの落馬侍、

（身分の高いお方）

のようだ。そこに最も困惑しているのは町の町役《ちょうやく》たちである。どんな後難があるか知れたものではない。こればかりは事の理非ではない。

そこへ町奉行所の意を受けた岡っ引が来て、追いかけられた町人が武士に犬を投げ

つけたことも含め、

「なかったことに」

渡りに船である。

加えてこたびの件では、町場の者に被害は出ておらず、町役たちも同意しやすい。

用件だけで杉岡兵庫と藤次が腰を上げようとしたところへ、

「先生、ご新造さん。えれえ評判ですぜ！」

と、縁側の障子の外に声が立った。留左が戻ってきたのだ。

待合部屋に明かりが灯っているので、

「こちらですかい」

縁側から上がって障子を開け、

「えっ、おめえさんら。舞い戻っていやがったのかい」

「いいところへ帰ってきた。お二人ともう一度座に。留さん、どうだった、町のようすは」

一林斎に言われ、杉岡と藤次が腰を引いて留左の座をつくり、

「ご新造さん、驚きやしたぜ。なんにもおっしゃらねえもんで。あっしが町の人から聞くなんざ、みっともねえ思いをしやしたぜ」

「あらら、留さん。ご免なさいねえ。立て込んでいて、話す暇もなかったものですから」

「その件だ。どうだった」

藤次の横へ割り込むように胡坐を組んだ留左に、一林斎はさきを急かした。緊急の事態だったとはいえ、町中《まちなか》で尋常ならざる技を披露してしまったのだ。

「ん？」

と、足を組みなおした杉岡兵庫は、冴に視線を向けた。冴が大通りで離れ業をやってのけたとき、杉岡たちは現場におらず、留左も一部しか見ていない。その後は冴が言うように話す暇もなかったのだ。

「あのときねえ、とっさだったのですよ。わたしの目の前だったものですから」

冴は〝無我夢中〟だったことを強調し、みずから話した。

「そうであっても、やはり一林斎先生のご内儀ですなあ」

「それで、広まっているのか」

「へえ、それが……」

杉岡が得心したように言ったのへ一林斎は問いをつづけ、留左は申しわけなさそうに応じた。どうやら留左は、一林斎の問いを逆に受けとめたようだ。

「なにぶん噂は立派な形《なり》をした侍《さむれえ》が馬から落ち、八つ当たりで刀を抜いて町の者を追いかけまわし、揚げ句の果ててめえで卒倒しちまったてぇ話がもっぱらで。ご新造さまの武勇伝と霧生院に担ぎ込まれたことは、その、まあ、二の次というか、あっしが霧生院出入りなもんで、たまたま話す町の衆がいたって程度でございやして」

留左の話のなかに、路地での冴の飛苦無は出てこなかった。なるほど武士のこのような醜態ほど、町衆にとって愉快なことはない。そればかりが庶民の舌頭に乗せられるのも、容易に理解できるところである。それに、飛苦無の話は噂にもなっていないようだ。

杉岡は一林斎と冴の心境を、すでに読み取っている。

「よございましたなあ」

「ふむ」

言った杉岡へ一林斎は肯是《こうぜ》のうなずきを示した。違い鷹羽の家紋を目にした住人もいようが、巷間《こうかん》には〝浅野〟の名もまだ出ていないようだ。留左もそこに興味は示さない。大衆には〝立派な形をした侍〟の醜態だけで大満足なのかもしれない。

「なにがよかったでえ。冴さまがいなきゃあ子供が一人、どうなっていたか分からねえんですぜ」

「そりゃあそうだが、やい留。おめえ、ご新造さまのお気持ちが分からねえのかい」

「なにい」

「これこれ。藤次さんもこれから杉岡どのと一緒で、やるべきことがおありじゃろ」

「おぉう、そうだ。外はもう暗くなっていやがる。藤次、急ぐぞ」

「へ、へい」

また留左と藤次の口論になりかけたのへ一林斎が割って入り、杉岡が藤次をうながし、あらためて二人は腰を上げた。

冴が、

「これを」

と、提灯を持って玄関まで見送り、

「あら」

声を出した。

提灯を持った二つの影が冠木門を出るのと同時に、別の二つの影が走り込んできたのだ。玄関の灯りですぐ顔が見えた。須田町とは神田の大通りを挟んで向かい側の、小柳《こやなぎ》町の菓子屋の夫婦だった。

「冴さん、冴さん！　ほんとに、ほんとうにありがとうございましたっ」

菓子屋の新造は玄関に飛び込むなり三和土に膝を折り両手をつき、あとを追った亭主もそれにつづいた。このときはじめて、冴は助けた女童が小柳町の菓子屋の娘であることを知った。きょうの半日をふり返れば、それを確かめる時間もなかったのだ。

居間に上げた。菓子屋夫婦が話すには、これまで幾度もそろって冠木門をのぞいたらしい。明るいうちは庭に馬が三頭もいて療治部屋には武士もいる。夕暮れ近くになってからは、隠密同心の顔は知らないが岡っ引の藤次がいた。

「ただ恐ろしく、お客人のいなくなるのを待っていたのでございます」

亭主は言う。留左はいつもいるので客人ではないようだ。

「ま、そりゃあそうだが」

居間に残っていた留左は苦笑した。

なにが恐いのか。

武士の駆る馬が女童を馬蹄にかけそうになったところから、きょうの騒動は始まっている。

「名乗り出れば、お咎めを受けるのではないか……と」

「そんなこと。悪いのは断然向こうなんだぜ」

亭主が言ったのへ留左は息巻いたが、一林斎と冴はうなずいた。相手が武士で、しかも身分が高ければ、町奉行所はますます口を挟めなくなる。

『無礼者！』

と、馬の前を歩いていたほうが悪かったことにされ、それればかりか武家屋敷からどんな圧迫が加わるかしれたものではない。

「町のお人らからはよかったよかったと声をかけていただきましたが、お武家やお上にだけは知られたくないと思いまして……」

と、菓子屋の亭主はお礼に参上するのが遅れた理由《わけ》を縷々《るる》述べた。

留左もそうした心情を解し、身に染みたのか、

「くそーっ。その辺の武士のやつら」

あらためて息巻いていた。

菓子屋夫婦も留左も帰ったあと、

「おまえさま。きょうはようございましたねえ」

「ふむ。よかった」

冴が言ったのへ、一林斎は返した。二人はこのとき、江戸潜みの紀州藩薬込役であることを、しばし忘れたようだった。

台所から出てきた佳奈が行灯の灯りのなかに、

「夕餉の用意、すっかり冷めてしまいました」

不満そうに言ったがすぐに、

「でも、きょうのカカさま、凄《すご》かったあ」

誇らしげに言った。

七

紀州家上屋敷の奥御殿から腰元が訪ねて来たのは、浅野内匠頭の騒動から十日ばかりを経た弥生（三月）の下旬だった。十日もたてばすっかり春が戻り、あの数日のどんよりとした日々が嘘だったように感じられる。

そのあいだに、あのときの四十路に近い武士が一度訪ねて来た。

「――申し遅れましたが、それがし播州浅野家家臣にて、側用人を務めおりまする片岡源五右衛門と申しまする」

と、鄭重に藩と姓名を名乗った。

用件は先日の御礼と、日をあらため一献かたむけたいとのことで、そのときに寺井《てらい》玄渓《げんけい》なる浅野家の侍医が、

「――同席を願《ねご》うております」

とのことだった。

浅野家ではこれまで侍医が幾度も代わり、数年前に京に名高い蘭方医の町医者であった寺井玄渓のもとに、小野寺十内《おのでらじゅうない》なる老齢の浅野家京都留守居役《るすいやく》が、

「――足しげく通い、ようやく江戸勤番の侍医を承知していただいた仁でございましてなあ」

と、片岡源五右衛門は寺井玄渓について語った。このことからも播州浅野家の江戸藩邸では、内匠頭の〝病気〟に相当苦慮していることが分かる。それに寺井玄渓は、おそらく片岡源五右衛門から内匠頭の症状と町場の鍼灸医の療治のようすを詳しく聞いたのであろう。そこで町医者を排除するのではなく、逆に〝会いたい〟と言うなど、相応の人物と思われる。

一林斎は屋敷での浅野内匠頭の症状と、寺井玄渓なる人物に興味を持ち、

「――場所と時刻はお任せいたしましょう」

と、応じた。

奥御殿の腰元が訪ねて来たのは、片岡源五右衛門が来た翌日だった。

用件は、

「上臈《じょうろう》さまが深川《ふかがわ》の富岡《とみがおか》八幡宮へご参詣になるので、お駕籠にお付き願いたい」

というものであった。

久女《ひさめ》がそれを要望しているという。なるほど安宮照子が死去しても、奥御殿の〝外出時における侍医〟に変化はないのだ。

一林斎は否応《いやおう》なく承諾した。それがまた、片岡源五右衛門と寺井玄渓に会う前日だった。

その日が来た。太陽が東の空に昇ったばかりの時刻だ。

赤坂から深川へなら日本橋を通るので、そこで一林斎は待った。

来た。以前ならご簾中さまの駕籠と二挺であったのが、いまは一挺で供の者も腰元が二人に警護の武士が二人、挟箱持の中間も二人と、なにやら寂しい気がする。久女はわざわざ駕籠をとめ、一林斎を迎えた。一林斎は薬籠《やくろう》を小脇に、言われるまま一行のうしろではなく駕籠のすぐ脇に随った。

富岡八幡宮では参詣のあと、門前の大振りな茶屋の離れを借り切った。おもての喧騒は聞こえてこない。

一林斎は離れの奥の部屋に呼ばれた。

久女と二人である。

顔を上げた。

(老けた)

一目で感じた。

無理もない。生きる支えを失ってから、季節も秋、冬と越えているのだ。

診るにも足腰の痛みやむくみは歳から来るもので、一度だけの療治では如何ともしがたい。それでも揉み療治をし、灸を据えていると、

「うーむ。さすがは一林斎どのじゃ。心持ちが爽快になるのう」

と、上機嫌になり、話しはじめた。

「きょうはのう、上杉家の為姫《えいひめ》さまが吉良家の義周《よしちか》さまをともなうて、藩邸の奥御殿にお里帰りなされるのじゃ。その慌ただしさを避け、それにそなたの顔も久しゅう見とうてのう」

為姫は照子の腹になる紀州徳川家の姫で、米沢藩十五万石上杉家当主の上杉綱憲《つなのり》に嫁し、そこに生まれたのが義周で、吉良家に養嗣子《ようしし》として入っていた。

その二人の里帰りとなれば、上杉家と吉良家から行列が組まれ、迎える藩邸はお祭りのような騒ぎになる。

そのような日に藩邸の外に出るとは、照子の没したあとの、奥御殿での久女の立場

が分かるようだ。

「この歳になると、にぎやかなのは身にこたえてのう」

言う口調も、寂しそうに聞こえる。

かつては宿敵照子の手足であったが、いまでは奥御殿で朽ちるのを待つ身となっている。久女は照子の死因が、一林斎の埋め鍼などとは知る由もない。

一林斎はむろんそれを秘したまま、久女への揉み療治にも灸を据えるにも、精魂を込めた。

中食《ちゅうじき》のあともゆっくりと茶屋の奥座敷で休息を取り、帰るときには久女の表情が満ち足りたなごやかなものになっていたのが、一林斎には嬉しかった。

その日、天候があのときの潮干狩りのようで、午過ぎから雲が出て肌寒さが感じられた。大名家であれ将軍家であれ、冬場でも駕籠には火を持ち込まぬものだが、久女が足腰の血のめぐりが悪くなる血瘀《けつお》など来さぬようにと、茶屋に焼き石を布にくるんだものを幾つか用意させ、

「これを」

と、出立《しゅったつ》のとき駕籠に入れた。

闘争のとき、常に冷たく無表情であった久女の面《おもて》が、

「おうおう、一林斎どの」

と、にこりと微笑《ほほえ》んだ。

霧生院に帰り、冴に久女のようすを話したとき、

「静かに長生きされればよろしいなあ」

「そうじゃのう」

冴が言ったのへ、一林斎は返していた。

播州浅野家の上屋敷は、日本橋に近い海寄りの鉄砲洲《てっぽうず》にある。

そのためもあろうか、片岡源五右衛門が指定した場所は、日本橋の料亭だった。それも江戸潜みの薬込役たちが〝頼母子講〟の集まりに使う小料理屋とは違い、表通りに面し門構えも大層な老舗《しにせ》だった。一林斎を歓待する意思が、そこにもあらわれている。

「――ゆっくりと中食でも」

と、源五右衛門は言っていた。

きのうの富岡八幡宮につづき、一林斎には二日つづけての外出である。

いつもの軽衫に筒袖で苦無を腰に、午前《ひるまえ》に出かけた。苦無はいついかなるときも、

薬込役として欠かせない。羽織はつけた。

奥の座敷だった。

片岡源五右衛門と寺井玄渓はすでに来て待っていた。両名とも、羽織・袴だった。

寺井玄渓は一林斎よりもいくらか年上で、温厚な顔立ちの医者だった。

医家同士であり、源五右衛門が両名を引き合わせたあと、話は自然医術に関連したものが中心となり、すぐに内匠頭の症状に入った。

「あのあと、お屋敷ではいかがでござった」

「あの天候のなか、予期できぬことではなかったゆえ……」

玄渓は言った。その言葉のなかに、痞《おこり》が内匠頭の持病であることが語られている。得心する一林斎に、源五右衛門は大きくうなずきを入れた。側用人として、侍医の玄渓とともに苦労を重ねてきているのであろう。

屋敷では、気を鎮める薬湯を飲ませ、そっと首筋から腕、上半身と熱い手拭で湿布するのだという。

「そのようにさせてもらえるまでが大変でしてな」

源五右衛門が言った。気が昂《たか》ぶると家臣に喚《わめ》き散らし、器物にまで当たり、それをなだめられるのは奥方の、

「阿久里《あぐり》さまを措いて他にはなく……」

と、湿布の仕方などは玄渓が阿久里に伝授したという。

そういえば、一林斎が手当てしたのは、内匠頭が失神してからであった。

そのときの措置を玄渓は詳しく訊きたがった。

一林斎は話した。

冴が調合した薬湯の成分は、玄渓がいつも調合するものと大差はなかったが、背中の心兪《しんゆ》をはじめ気を鎮める経穴《つぼ》に鍼を打ち灸を据える発想は、蘭方の金瘡《きんそう》（外科）はむろん本道（内科）にもないものだった。

玄渓は身を乗り出した。

話は真剣なものになった。なにしろ痞には、つける薬も飲ませる薬湯もない。これまで玄渓が調合した薬湯も阿久里に教えた湿布も、さらに一林斎の施術も、治すのではなく癒すためのものでしかなかった。

結論は得られない。

源五右衛門と玄渓が屋敷でのようすを詳しく話したのは、

（すでにこの御仁には殿の病を見抜かれ、症状に適《かな》った施術もした。隠し立てするよ
り、すべてを話し技を分かち合える仁）

一林斎をそう見たからに他ならない。

話が一段落したころ、中天どころか太陽はすでに西の空にかたむきかけていた。

「いずれまた」

「お互いに」

と、片岡源五右衛門が見届け人になったようなかたちで、霧生院一林斎と寺井玄渓は後日を約して別れた。

須田町に戻ったのは、まだ陽のある時分だったが、冴が待ちかねていた。紀州から飛脚の文が届いていたのだ。児島竜大夫からの、符号文字の封書だった。

療治部屋で冴とともに封を切った。

京のようすが書かれていた。

——土御門家においては、当主の清風どのが急な病にて死去。ほかに式神が三名、洛中にて事故により落命
一林斎と冴は顔を見合わせた。

「大番頭さま、おやりなさったようだなあ」

「小泉どのたちにも、お知らせいたさねば」

「あしたでよかろう」

言葉を交わし、読み進んだ。

源六のことが記されている。

――城下へのお忍びは相変わらずにて、組屋敷の者ども毎回困惑致しおり候《そうろう》が、ご懸念これなく……

一林斎と冴は、ふっと溜息をついた。

(霧生院にも源六君にも、慥《しか》と一つの区切りがつき、新たな時代が始まった)

二人にはそう感じられたのだ。

「どこからの文じゃ?」

奥から佳奈が出てきて〝両親《ふたおや》〟の顔を見上げた。

元禄十一年(一六九八)春の一日であった。

隠密家族　攪乱

一〇〇字書評

切り取り線

**購買動機**（新聞、雑誌名を記入するか、あるいは○をつけてください）

□（　　　　　　　　　　　　）の広告を見て

□（　　　　　　　　　　　　）の書評を見て

□ 知人のすすめで　　□ タイトルに惹かれて

□ カバーが良かったから　　□ 内容が面白そうだから

□ 好きな作家だから　　□ 好きな分野の本だから

・最近、最も感銘を受けた作品名をお書き下さい

・あなたのお好きな作家名をお書き下さい

・その他、ご要望がありましたらお書き下さい

| | | | | | |
|---|---|---|---|---|---|
| 住所 | 〒 | | | | |
| 氏名 | | 職業 | | 年齢 | |
| Eメール | ※ 携帯には配信できません | | 新刊情報等のメール配信を 希望する・しない | | |

この本の感想を、編集部までお寄せいただけたらありがたく存じます。今後の企画の参考にさせていただきます。Eメールでも結構です。

いただいた「一〇〇字書評」は、新聞・雑誌等に紹介させていただくことがあります。その場合はお礼として特製図書カードを差し上げます。

前ページの原稿用紙に書評をお書きの上、切り取り、左記までお送り下さい。宛先の住所は不要です。

なお、ご記入いただいたお名前、ご住所等は、書評紹介の事前了解、謝礼のお届けのためだけに利用し、そのほかの目的のために利用することはありません。

〒一〇一-八七〇一
祥伝社文庫編集長 坂口芳和
電話 〇三（三二六五）二〇八〇

祥伝社ホームページの「ブックレビュー」からも、書き込めます。
http://www.shodensha.co.jp/bookreview/

祥伝社文庫

隠密家族《おんみつかぞく》　攪乱《かくらん》

平成25年3月20日　初版第1刷発行

著　者　喜安幸夫《きやすゆきお》

発行者　竹内和芳

発行所　祥伝社《しょうでんしゃ》

東京都千代田区神田神保町3-3

〒101-8701

電話　03（3265）2081（販売部）

電話　03（3265）2080（編集部）

電話　03（3265）3622（業務部）

http://www.shodensha.co.jp/

印刷所　萩原印刷

製本所　ナショナル製本

カバーフォーマットデザイン　中原達治

 ISBN978-4-396-33828-2 C0193

# 祥伝社文庫の好評既刊

喜安幸夫　隠密家族

薄幸の若君を守れ！　紀州徳川家のご落胤をめぐり、陰陽師の刺客と紀州藩薬込薬の家族との熾烈な闘い！

喜安幸夫　隠密家族　逆襲

若君の謀殺を阻止せよ！　紀州徳川家の隠密一家が命を賭けて、陰陽師が放つ刺客を闇に葬る！

小杉健治　札差殺し　風烈廻り与力・青柳剣一郎①

旗本の子女が立て続けに自死する事件が続くなか、富商が殺された。なぜ目撃者を二人の刺客が狙うのか？

小杉健治　火盗殺し　風烈廻り与力・青柳剣一郎②

江戸の町が業火に。火付け強盗を利用するさらなる悪党、利用される薄幸の人々のため、怒りの剣が吼える！

小杉健治　八丁堀殺し　風烈廻り与力・青柳剣一郎③

闇に悲鳴が轟《とどろ》く。剣一郎が駆けつけると、同僚が斬殺されていた。八丁堀を震撼させる与力殺しの幕開け…。

小杉健治　二十六夜待

過去に疵《きず》のある男と岡っ引きの相克、情と怨讐。縄田一男氏激賞の著者ならではの、〝泣ける〟捕物帳。

# 祥伝社文庫の好評既刊

小杉健治
## 刺客殺し
風烈廻り与力・青柳剣一郎④
江戸で首をざっくり斬られた武士の死体が見つかる。それは絶命剣によるもの。同門の浦里左源太の技か!?

小杉健治
## 七福神殺し
風烈廻り与力・青柳剣一郎⑤
人を殺さず狙うのは悪徳商人、義賊「七福神」が次々と何者かの手に…。真相を追う剣一郎にも刺客が迫る。

小杉健治
## 夜烏《よがらす》殺し
風烈廻り与力・青柳剣一郎⑥
冷酷無比の大盗賊・夜烏の十兵衛が、青柳剣一郎への復讐のため、江戸に戻ってきた。犯行予告の刻限が迫る！

小杉健治
## 女形《おやま》殺し
風烈廻り与力・青柳剣一郎⑦
「おとっつあんは無実なんです」父の斬首刑は執行され、さらに兄にまで濡れ衣が…真相究明に剣一郎が奔走する！

小杉健治
## 目付殺し
風烈廻り与力・青柳剣一郎⑧
腕のたつ目付を屠った凄腕の殺し屋を追う、剣一郎配下の同心とその父の執念！　情と剣とで悪を断つ！

小杉健治
## 闇太夫《やみだゆう》
風烈廻り与力・青柳剣一郎⑨
百年前の明暦大火に匹敵する災厄が起こる？　誰かが途轍もないことを目論んでいる…危うし、八百八町！

# 祥伝社文庫の好評既刊

小杉健治
## 待伏せ
風烈廻り与力・青柳剣一郎⑩

絶体絶命、江戸中を恐怖に陥れた殺し屋で、かつて風烈廻り与力青柳剣一郎が取り逃がした男との因縁の対決を描く！

小杉健治
## まやかし
風烈廻り与力・青柳剣一郎⑪

市中に跋扈《ばっこ》する非道な押込み。探索命令を受けた青柳剣一郎が、盗賊団に利用された侍と結んだ約束とは？

小杉健治
## 子隠し舟
風烈廻り与力・青柳剣一郎⑫

江戸で頻発する子どもの拐かし。犯人捕縛へ〝三河万歳〟の太夫に目をつけた青柳剣一郎にも魔手が……。

小杉健治
## 追われ者
風烈廻り与力・青柳剣一郎⑬

ただ、〝生き延びる〟ため、非道な所業を繰り返す男とは？　追いつめる剣一郎の執念と執念がぶつかり合う。

小杉健治
## 詫び状
風烈廻り与力・青柳剣一郎⑭

押し込みに御家人飯尾吉太郎の関与を疑う剣一郎。そんな中、倅の剣之助から文が届いて…。

小杉健治
## 向島心中
風烈廻り与力・青柳剣一郎⑮

剣一郎の命を受け、倅・剣之助は鶴岡へ。哀しい男女の末路に秘められた、驚くべき陰謀とは？

# 祥伝社文庫の好評既刊

小杉健治
袈裟《けさ》斬り 風烈廻り与力・青柳剣一郎⑯
立て籠《こ》もった男を袈裟懸《けさが》けに斬り捨てた謎の旗本。一躍有名になったその男の正体を、剣一郎が暴く！

小杉健治
仇返《あだがえ》し 風烈廻り与力・青柳剣一郎⑰
付け火の真相を追う剣一郎と、二年ぶりに江戸に帰還する悴《せがれ》・剣之助。それぞれに迫る危機！ 最高潮の第十七弾。

小杉健治
春嵐《しゅんらん》（上） 風烈廻り与力・青柳剣一郎⑱
不可解な無礼討ち事件をきっかけに連鎖する事件。剣一郎は、与力の矜持《きょうじ》と正義を賭け、黒幕の正体を炙《あぶ》り出す！

小杉健治
春嵐（下） 風烈廻り与力・青柳剣一郎⑲
事件は福井藩の陰謀を孕《はら》み、南町奉行所をも揺るがす一大事に！ 巨悪に立ち向かう剣一郎の裁きやいかに？

小杉健治
夏炎《かえん》 風烈廻り与力・青柳剣一郎⑳
残暑の中、市中で起こった大火。その影には弱き者たちを陥《おとし》れんとする悪人の思惑が…。剣一郎、執念の探索行！

小杉健治
秋雷《しゅうらい》 風烈廻り与力・青柳剣一郎㉑
秋雨の江戸で、屈強な男が針一本で次々と殺される…。見えざる下手人の正体とは？ 剣一郎の眼力が冴える！

# 祥伝社文庫の好評既刊

藤井邦夫
破れ傘
素浪人稼業⑥
頼まれた仕事は、母親と赤ん坊の家族になること？　だが、その母子の命を狙う何者かが現われ……。充実の第六弾！

藤井邦夫
死に神
素浪人稼業⑦
死に神に取り憑かれた若旦那を守って欲しい!?　突拍子もない依頼に平八郎は……。心温まる人情時代第七弾！

藤原緋沙子
恋椿
橋廻り同心・平七郎控①
橋上に芽生える愛、終わる命…橋廻り同心平七郎と瓦版女主人おこうの人情味溢れる江戸橋づくし物語。

藤原緋沙子
火の華《はな》
橋廻り同心・平七郎控②
江戸の橋を預かる橋廻り同心・平七郎が、剣と人情をもって悪を裁くさまを、繊細な筆致で描くシリーズ第二弾。

藤原緋沙子
雪舞い
橋廻り同心・平七郎控③
雲母橋《きらずばし》・千鳥橋《ちどりばし》・思案橋《しあんばし》・今戸橋《いまどばし》。橋廻り同心・平七郎の人情裁きが冴えわたる好評シリーズ第三弾。

藤原緋沙子
夕立《ゆだ》ち
橋廻り同心・平七郎控④
人生模様が交差する江戸の橋を預かる、北町奉行所橋廻り同心・平七郎の人情裁き。好評シリーズ第四弾。

# 祥伝社文庫　今月の新刊

三崎亜記　**刻まれない明日**
十年前、突然大勢の人々が消えた。残された人々はどう生きるのか？

森村誠一　**魔性の群像**
怖いのは、隣人ですか？　妻ですか？　日常が生む恐怖…

阿木慎太郎　**闇の警視　乱射**
シリーズ累計百万部完結！　伝説の極道狩りチーム、再始動！

浜田文人　**情報売買**　探偵・かまわれ玲人《れいじ》
元SP、今はしがない探偵が特命を帯び、機密漏洩の闇を暴く！

南　英男　**毒蜜　悪女**　新装版
魔性の美貌に惹かれ、揉め事始末人・多門剛、甘い罠に嵌る。

睦月影郎　**きむすめ開帳**
可憐な町娘も、眼鏡美女も、男装の女剣士も、召し上がれ。

藤井邦夫　**銭十文**　素浪人稼業
強き剣、篤き情、だが文無し。男気が映える、人気時代活劇。

喜安幸夫　**隠密家族　攪乱《かくらん》**
若君を守るため、江戸で鍼灸院を営む隠密家族が黒幕に迫る！

吉田雄亮　**居残り同心　神田祭**
同心が、香具師の元締の家に居候!?　破天荒な探索ぶり！

門田泰明　**半斬《はんざん》ノ蝶《ちょう》　上**　浮世絵宗次日月抄
門田泰明時代劇場、最新刊！　シリーズ最強にして最凶の敵。